忘川盡

音如夢

慕容紫煙　著

目次

《破城》

她定定望著城下呆愣的他，面無表情，澄淨的眼瞳無喜無悲，抬起素手，毫不猶豫拔下髻上所簪的水晶步搖，圓潤的珠子在她的使力之下脆聲崩落，如雨點般紛紛砸在地上，顆顆晶瑩如淚，落在地上若荷葉呈露，清美卻孤絕。

第十五章　舊碑

約莫行了兩月，我們走進了洛巫城。

洛巫城的後面生有連綿高矮不一的丘陵，且陽光充足，所以種茶賣茶在此地甚是盛行。我生長的地方已經少有煮茶的文化，而嚮往古代的我好奇著茶道，那種高雅怡情的貴族運動，我只恨不能親眼看見。而今來此一遊，聽說到這裡產茶，茶坊林立，自然是要來看看的。

我們三個走到了其中一間較大的茶樓前，木製的牌匾陳舊斑駁，中間幾個圓潤婉轉的篆體，大大寫著「聽雨樓」三個字。

前不久才從夢雨城出來，經歷蝶衣的故事，突然我對這兩個字有點感冒。本想轉身離開，豈料這裡的小二實在熱情得過了分，還沒踏進店裡，裡頭忙活的小二一見我們，整了整脖上掛著的汗巾，滿面堆歡衝到我們面前。只聽他一口濃厚的當地口音，一大串介紹詞背好也似地說得行雲流水，手中的動作更是行雲流水，半拉半搶我手中的包裹便往裡頭走。我一向是不敢拒絕人的濫好人個性，不忍辜負店小二一片熱情，只好跟了他去。

一腳跨進門檻，悠然的木香混合濃郁的茶香撲鼻而來。樓裡分了三層，一樓角落裡，身段妖嬈的紅衣老闆娘雙手利索正敲動算盤算錢；夥計們提了茶壺與簡單的茶點吆喝來去；中心搭了一

個小台子，妝容濃豔的伶人纖腰柔軟，舞姿如盛開的青花，唱詞纏綿，浮聲切切。二樓不全是座位，東首有一個先生嗓聲宏亮，神情激動地訴說著話本裡的豪俠傳奇，時不時大拍醒木，說到精彩處，周圍聽者一片喝采。三樓錯落坐著一些來品茶聽曲的文人雅士，從窗口望著外頭群山蒼蒼，一面品茶一面看景，神情怡然自得。

樓層間掛了燈籠，燈上一個茶字筆勢溫和，光影朦朧，照亮了其中的人與景。我們隨著小二拾級上樓，到達二樓的雅間，既可看見一樓伶人的歌舞，二樓的說書亦可一字不露聽到。打開木窗，涼風細細，外頭的榕樹枝葉蒼翠，景色極好。我喜歡這個位置。

離開夢雨城這一路，雖然我因柳思不管不幫的態度同他置了些閒氣，但關於幻境中的事，我多少還是與他說了些。而現在，我正說到楚蝶衣因出身而只能屈居為妾，遭其他小妾明裡暗裡欺負的事，想到她多麼高傲的一個人，在王府比在青樓地位還要零落，便為她感到唏噓。

此刻柳思一身書生打扮，附庸風雅也學著一般文士手握折扇，唰聲展開，扇緣鑲了墨綠的邊，抵在鼻樑，將半張似笑非笑，極盡蠱惑妖媚的臉隱於扇後。少了臉型的加持，只一雙水光流轉的桃花眼左右顧盼，不知道的人還道是禍國妖姬女扮男裝，當真騷包至極。只聽他慵懶的嗓子言道：「只要這裡還有一個權傾天下的皇，這種不公平的階級，便永遠不會消弭。阿蘅，她不需要被憐憫。她一直很清楚自己要的是什麼。」

我生活的時代雖有階級，卻不似現在我所見的那般殘酷。在這裡人命如此輕賤。在某些沒有人看見的角落，奴籍的人們過著豬狗不如的生活，一旦稍稍逆了主子的意，便如畜牲般被屠宰或發賣。我忍不住道：「我不求世間平等，我只求我們所在的環境裡沒有高與低，如果楚蝶衣和那些女人沒有出身之別，那就沒有所謂權勢的爭吵了對吧？」

柳思啞然失笑，折扇一合，扇上的山水凝聚成一線，直直指著我，「妳呀……」像是想說什麼，卻還是什麼也沒說，搖了搖頭。

「可以的。」阿胤語出驚人，我驚喜地側頭看向他，他說：「把那些小妾休掉，扔青樓裡歷練幾番，等到娶回來，出身便一般無二了。」

「……」我默然半晌，洩憤似伸腳向前用力一踢。柳思臉色一青，咬牙切齒看著我，「阿胤惹妳，妳踢我做什麼？」

我撇撇嘴角，看著他比女人還漂亮的臉，有些嫉妒，不甘示弱瞪回去，「覺得你欠踢。」

移開視線望向外面的景色。沒有邊框與厚重的玻璃侷限我的視野，目中景象廣闊很多。迷霧山嵐如薄紗輕掩，午後逐漸暗沉的天光輝映成飽滿的靛色。金霞微照，輕雲萬里。樓裡東首正說到主角喜結連理，西首卻唱著生死別離。正是半壁浮生，兩處炎涼。

我想起了小芸。

小芸的老家在一處盛產茶葉的山上，有時假日無聊，她常常拉我回她的老家玩。她曾說，上大學以前，在家裡做最多的家事就頂著大太陽採茶，剛開始做的時候十分艱苦，久了漸漸習慣，並從中找到樂趣。因為她混有一些番族血統，所以我剛開始見到她時，她皮膚是深深的古銅色，五官深邃立體，若是臉上有紋面，下一秒跑去出草定是毫無違和。

她很好動，片刻也坐不住。回她老家玩的那數個假日裡，印象最深的是她拉我去看她小學時讀書的教室。坐在擦得明淨的窗旁向外看，景色便與我現在見到時的相似，只是那時的雲濃厚磅礴，金芒照耀下是一大片波瀾壯闊的雲海。萬丈流霞，天高雲闊。生長在這樣的地方，所以小芸的身上總是滿滿的陽光，健康而有朝氣。

反觀於我，整日埋首於書堆，廢寢忘食，不僅臉色蒼白，有時動一動筋骨便一陣酸疼。小芸沒有近視，我卻戴著厚厚的眼鏡，一拿下眼鏡就跟瞎了沒兩樣；小芸滿山瘋跑不會疲累，我只要爬坡幾步便氣喘吁吁。因為我，沒有經歷過小芸的痛苦，亦沒能把身上的重擔變成習慣和變成良藥。我只能默默忍著。因為害怕被人以為是不堪一擊的草莓，讓人失望。

突然覺得自己何其可笑。我正想得出神，一隻手在眼前狂晃，我微微一呆，柳思擔心的聲音傳過來，「阿蘅？」

我恍然回神，在柳思奇異目光中抹一把臉，看到掌心水光，震了一震。

阿胤取了帕子遞過來，「怎麼哭了？」

「沒什麼。」我扯開嘴角笑了笑。

小二取了茶壺與茶點遞上來，我隨意取了一個糕點放到嘴中咀嚼，柳思目光對著我，表情古怪。彼此大眼對小眼不說話，我一皺眉，「看我做什麼，中邪？」

柳思說：「我不是在看妳，看妳後面呢。」

我回頭看了一眼，沒人在我身後，背脊微微一炸。他將我反應盡收眼底，低低笑了笑，「這座城裡有個故事，想不想聽？」

我點頭，柳思再次開啟說書模式，侃侃而談。

洛巫城在我第一次聽到時就有一種莫名的陰森感，雖與夢雨、仙鏞、絕夜、痕纓等城並稱五大名城，卻沒有其他四城的豐饒富庶，至於它為何如此有名，是因為一個傳說。

傳說已經在時空的流轉下斑駁模糊，具體發生狀況無人知曉。兩百餘年前淮淵之戰，漠族與越秦兵打得火熱，彼此之間仇視甚深。漠族不甘長居東南乾旱之地，無數次往西北進犯，夢雨、痕纓兩城已經納入漠族的版圖。漠族一路勢如破竹，一月以內從夢雨城到洛巫城，在猝不及防中便已兵臨城下。

雖然洛巫城離京城仙鏞甚近，只要乘駿馬兩日內便可以快速來回。但不知發生什麼事，朝廷延遲發兵，等到越秦軍趕到時，洛巫城已破，而且還被殘忍地屠城。

漠族民風剽悍，既然獲得一勝，自然要乘勝追擊，行軍快速，一日內便要直接攻進京城。就在這個緊要關頭，當時軍銜還不高的將軍李頡當機立斷，暗自殺了本來要領軍出征的主將，臨危授命，領軍快速南下，與漠族軍交鋒於洛巫城與仙鏞城中心點的淮淵。傳言那一戰驚天地泣鬼神，李頡以八千軍大敗十萬漠族軍，並簽下淮淵之盟和解。不過，他帶回的軍隊只剩兩千人，傷亡著實慘重。

雖然傷亡慘重，但還是解了覆國之危，當時還很年輕的哀帝君夜玄賞識他的才能，封他為一品軍侯，侯名淮陽，世代襲爵。

柳思說，洛巫城被屠城之前，在黑壓壓的大軍列於城下，人心浮動惶然時，一個女子一身嫁衣，盛裝立於城牆上。那時的她遙遙與為首之人對視，豔如蔻丹的紅唇掀動，沒人聽清她說的是什麼，看她的唇形，依稀是那麼一句，「我願與君絕。」

那女子必與他熟識，且有極深的感情。我以為她說出如此決絕的話，會當著那男子的面直墮而下，死在他的面前讓他痛悔一生，她卻沒有。在她說完那句之後，亂軍隱沒了她的身影，從此再無她的芳跡。

敵方為首的那個男子臉色極為蒼白，在大軍破城時，他不是急於殺敵，而是發了瘋般在城裡尋找。沒有人知道他究竟有沒有找到那個女子。

在屠城後約莫一年時間，洛巫城重建，卻在城外不遠處的一座懸崖下找到兩具無名屍骨。兩具屍骨緊緊相擁，已經朽爛而無法辨清生前面貌，且被火燒得半邊焦灰，有人想強行將之分開而不可得，只得葬於一處，在葬處立了一碑，碑上無字，留予後人無限想像。

整體故事由柳思口中流傳到我耳裡只剩這樣，具體細節無人能知。

我津津有味聽完，突然意識到有件事被可疑地帶開，狐疑望著柳思，「你剛剛說你在看我後面，到底在看什麼？」

柳思露出惡作劇的表情，「我看見了個紅衣服的男人提劍一直跟在妳身後，怎麼，妳沒看見？」

我頭皮被雷劈一樣炸得已經毫無知覺，阿胤看我嚇得面無血色，抽劍起身，預備施法。柳思一見他這個反應，連忙攔下了他，「嘿，其實我開玩笑的。」

想當然又吃了一記我的大力金剛腿。

那時的我並不知道，柳思所說的紅衣提劍男人，對我的命運將帶來多大的轉變。以為已結束的事情，其實遠遠還沒有結束，就如枯敗的蓮，攔腰斬斷之後仍有細絲相連，當下一朵蓮花盛開，顯而易見定然會被舊枝影響，這就是因果，生死輪迴，彼此牽引軌跡。

為了這個傳說，我們在喝完茶聽完曲後，拉了柳思和阿胤一起去觀過那無字碑。

天色有些陰暗，大量雲朵掠過天際，遮住了刺眼的陽光。無字碑後長出了棵盤根錯雜的樹，只是上頭已經沒有了生機，明明正值盛夏，卻半片蔥綠的新葉都沒有，想來已經枯死多時。

閉上眼睛，隱約腦中浮現一個凄豔的紅衣身影站在崖邊，面目模糊，看不清她是何模樣，五官之中唯有一個紅唇紅得鮮明紅得耀眼，不斷開合，一排整齊的白牙忽隱忽現，聽不到聲音，但依稀看唇形反覆都是同一句：「我沒有國，沒有家。沒有家了……」

沒有家了……

雖然沒有聲音，但是那紅唇吐出的字句仍在我腦海中勾勒出徬徨失措的聲線，我突然感同身受，鼻子一酸，險些便要淚下。柳思在我身體微晃的時候就察覺不對，連忙往我肩膀用力一拍。我張開眼睛。柳思臉色凝重，說道：「小心不要陷進去。」

我深呼吸一口，調節心情。知道剛剛那是幻象，心緒卻被牽引。我知道，我和她都是無家可歸的天涯寂寞人。所以，情緒才被影響。

那應該是當年傳說中的人留下的殘魂吧？

無字碑下埋葬的枯骨中，藏著多少後人所不知的刻骨銘心呢？

「阿蘅，妳有感覺到嗎？」我們三人站在碑前各自思索各的，柳思突然冒出一句。

「什麼？」我怔答。

「執念。」柳思的眸光忽然在某處定住，神情若有所思。

我很好奇傳說背後故事是什麼，心裡暗想著，如果可以，我一定要了解全盤細節。

阿胤表示，我真個不是普通的八卦。

我還沒親自找到那個傳說，那個傳說卻親自來找了我。

深夜冥冥，我打著哈欠正要入睡，一陣陰風颳起，打在窗上，呼嘯零落有如鬼哭。風颳起沒多久，有人來敲我的房門。雖然氣氛很是嚇人，我還是大膽地應了門。

來的是個青年，一身蠻夷的狂野造型，高鼻深目，眉眼深邃，容貌英俊，唯一的缺點是他的身影是半透明的，我一眼看穿他是個鬼魂。

俗話說，平生不做虧心事，夜半不怕鬼敲門。我當畫魂師已接近一年的時間，從未做過虧心事，卻時時刻刻都有可能被鬼敲上門，這會就來了一個。好在我見過的陣仗多了，這場還不算什麼，我還沒給他嚇死，看來我的心性逐漸往鋼鐵化邁進。

想來當時柳思所感應到的執念就是源自於他，所以他私下來找我。我還納悶著，分明我和柳思都是畫魂師，而且柳思的等級較高，為什麼他是找我而不是找他，後來才猛然醒悟，柳思和阿胤一個房間，如果他隨便去敲門，還來不及說什麼就可能被阿胤一劍滅掉了。

修真者的氣息身為鬼魂總會害怕的。

「你能找到這裡，看來你已經知道我是一個畫魂師。」我凝視著他，擺出玩味的笑容，「說吧，來找我需要我幫你什麼？」說完伸出手，指了一指屋內，意思是恭請他入內一敘。

青年沒有推辭，二話不說，冉冉飛進了屋內，站在房裡一隅，身影偉岸挺拔，眼神卻飄忽而迷茫。

「先告訴我，你是誰吧。」我氣定神閒地坐在茶几旁，斟了清水喝了幾口。

「我是誰？」青年低低笑幾聲，調子醇厚好聽，「如果不是妳問，我都快忘了我是誰了。有時候找得太久，久到記憶都被時間逐漸封印，連自己是誰都可以忘記，妳說，可不可笑呢？」

「久到忘記？」我忍不住失笑，「你到底在找誰？」

的確，有時候執念到了極處反而會物極必反，變成什麼都無法記得。我想，這鬼魂就是這樣的吧。

他定定望著我，眼中那抹迷茫依然揮之不去，「不記得了。」

我試探地問他，「你是要我幫你找到被時間封印的記憶？代價是什麼你知道？」

有時候記憶隨著時間而遺落，並不是被湮滅，而是被藏在心底深處。而畫魂師有個功能，可以進入魂魄的記憶中，看見魂魄本身看不到的東西。只是那個代價，他，可願意接受？

青年又低笑了一聲，「無非被困進畫紙罷了，還有美好的幻境相贈，何樂而不為。只是，在妳看過我的回憶後，務必讓我了解真相，我不想帶著無盡迷團浸入忘川，死也永遠糊塗。」

雖然我還不知真相，但我還是莫名傷感，雖然他忘記了，但看他神態，應該受過不小刺激。我憐憫他。

我前往隔壁房敲柳思和阿胤的門，半夜裡柳思睡得很沉，所以是阿胤開門，我二話不說把他拉來房間。

「又怎了？」阿胤不明所以，直到進房看到裡頭的鬼魂，頓然揚起警惕，一把仙劍差點就飛出去，我及時抓住他手腕制止。

「別打他，是他自己來找我幫忙的，等一下進憶境的時候你只要護航就好了。」

阿胤這才收了手，警惕卻沒有稍歇。

我拉了阿胤一起進了青年的憶境。

有鑑於過去入幻的種種險境，我自忖我沒有自保能力，所以要幫忙青年此事我不能瞞著他，就拉了他做我的貼身保鑣。這次進入很是平靜，沒有打鬥，我想，如果每個魂魄都像他一樣溫順自動該有多好啊。

第十六章　前緣

進入憶境之初，我和阿胤走在一片長長的迷霧中。霧裡金戈鐵馬，萬千人聲此起彼落，嘈嘈切切如亂弦。行了段路，一陣風吹起，風裡含著乾燥沙石的氣息，帶了炎熱與粗糙。

我從懷中摸索著取了面紗圍上。因為事先不知道會遭遇到這種環境，面紗只帶一個，所以只能取了自己的帕子遞給阿胤，對面的人順從地接過。風中帶有大量的沙，如果不遮掩一下頭臉，很快就會被沙石灌滿。

如此行走不知道多長時間，終於在迷霧中看見一縷跳動的亮光。

心中一喜，我反手拉了阿胤迅速往光亮的方向跑過去。風聲在奔跑的時候卻不勁急，反而越來越弱。直到盡頭，迷霧瞬間消散乾淨，放眼一看，我們竟身在一簇篝火旁，現場沒有任何東西可以遮蔽，身旁的人眼疾手快，靈力一起，兩道隱身術飛速打在我二人身上。

心中稍定，四下打量。篝火旁無數皮膚黝黑的人歡快跳舞，舞姿狂野，披髮左衽，哼唱著不知名語言的歌謠。從來沒見過這般景象，我怯怯退開幾步。人群外圍座落一個一個羊毛織成的帳篷，極似我在課本中所見過的蒙古包。帳裡帳外都有人忙碌進出，伺候著坐於篝火外圍，觀賞歌舞的異族貴人們。貴人們手持小刀，豪邁利落將桌上半生不熟的羊肉一寸寸切下，送入口中，配

以奶酒，酒氣與火光映得面龐一陣酡紅。空氣中迴盪圓潤婉轉的曲調，是角落的樂人演奏馬頭琴，為中心的舞者伴奏。

篝火將人影拉得長而靈動，戰爭的鐵血、捕獵的悍勇、對抗風沙的頑強，一一在舞姿中完美體現。磅礴的生命震撼在眼前狂妄燃燒，一如中心的篝火，帶有張揚的野性。

如此唱跳了許久，周圍樂人突然一致以馬頭琴拉出一聲綿長嘶鳴，舞者的舞姿戛然而止。如果聲音是一條河流，那嘶鳴便是斷水的刀，利落而起，激河止流。

現場變得極為安靜，只剩下篝火燃燒的嗶啵聲響。舞者以右手放左肩，傾身行禮後退下。沒過多久，由三四名異族男人抬著一個麻布袋置於場心。布袋一抖，露出一個小女孩。

女孩的臉龐稚嫩，帶著煤灰，約莫七八歲年紀。奇怪的是她一雙眼睛已被蒙住，卻沒任何的茫然失措。一張小巧瑩白的臉沉靜冷漠，微微抬起頭，正正對著大汗的方向，使人有一種錯覺，彷彿即使蒙住她的眼睛，亦不妨礙她感知道外面的人事物。

只見男人操著不太標準的漢語，躬身向高座上的人說道：「大汗，這是我們今日打草穀所搶來的女娃。這個女娃邪門的很，只一個眼神兒，跟她接觸過的幾個兄弟都大病不起。今日是祭神之典，以此等妖女祭神，再好不過。還請大汗示下。」

我心中一驚，雖然知道眼前的景象是已經發生過的歷史，不管做什麼都無法改變，但下意識仍是想衝出去，身旁的阿胤及時拉住了我。

就在這時，一聲少年聲嗓突兀地劃破寧靜，「不要殺小圓圓，不要殺小圓圓！」聲到人至，一個灰衣少年衣裳破爛，撞得四周人群東倒西歪，喘著粗氣奔來。他一看到場心的小女孩，面色狂喜，整個人撲上去緊緊將小女孩護在懷中，雙目血紅，口中又重複一遍，「不要殺小圓圓！」

「哪兒來的野小子！」少年的出現讓場面登時亂成一團，男人怒不可遏，拔刀上前想將少年與小女孩分開。少年感知道危險，護住女孩向旁邊一滾，本來就破爛的衣裳又多了一道口子。女孩表情說不出是喜是怒，趁著空檔掙脫繩索拉開布條，叫道：「你怎麼來了，很危險的！」一口漢語清脆精純。

「我都知道了，他們都說妳是妖女，他們要燒死妳啊！」少年狼狽地又閃躲幾刀，起身抱起女孩撞翻眼前的人，朝外狂奔，「無論如何，我帶妳出去……別害怕！」

別害怕。這三個字讓女孩啞了聲音，責罵的話再也說不出口。她的目光越過他的肩膀直直射在遠處的虛空。良久，眼框裡逐漸浮起水光。

「抓住他！」得到大汗的首肯，男人發號施令，人力彈指間集結，朝著兀自發力狂奔的少年包抄而去。只見少年就像一頭悍不畏死的牛，見一個撞翻一個，加上身型較矮，逃跑中竟極具優勢，即使抱著女孩，突圍竟不甚費力。

我下意識身體向旁一側，少年從旁邊掠了過去，卻沒有感受到對方因快速奔跑帶來的涼風。只是在少年掠過的剎那，一道生硬的訊息毫無預警闖進我的腦袋，我終於知道他是誰，他就是這段記憶的主人，名喚万俟靖淵。

四周的吶喊聲像是突然被什麼東西吞噬，陡然削弱。取而代之的是漸起的飛沙走石之聲，我按緊臉上的面紗，忽覺身體騰空而起，像是有一個無形的大手猛然把我向上一拋，低頭俯視，腳下螻蟻般流竄的人頭陡然在眼前虛化，化作整片大漠黃沙。

騰雲駕霧，我與阿胤似乎化身成了那個世界的神，靜靜俯視眾生變化。無情的飛沙中，是一個少年，揹著女孩於沙漠之上倔強跋涉。他吸了一口氣，腳步一深一淺，稚嫩的雙頰被沙石刮傷，血一點一滴沒入黃沙，很快被掩埋。那一定很疼。可是，少年彷彿沒有知覺，回頭勉強笑了笑，露出一口微黃的牙，「小圓圓別怕，馬上就到家了，再也不會有人欺負妳。」

女孩的臉被包得嚴嚴實實，絲毫不受風沙的侵擾，她沉默了好一會，悶聲問道：「流了好多血。你是不是要死了？」

「怎麼會呢！」少年一聽到死字馬上道：「我阿娘都說我壯得像一頭牛！信不信現在就算再來一頭象，我也能把牠撞個四腳朝天！」

「是曾得像一頭牛吧。」女孩嗤聲，此時少年一個趔趄，將背上的女孩一顛，瞬間表情天塌了也似，連聲道：「對不起、對不起。沒晃疼妳吧？」

「沒事。」女孩聞著近在咫尺的血氣，眼睛不忍地閉了閉，「要不，我給你唱歌吧。」

少年還沒應答，一串清亮的歌聲穿透布料在耳邊響起。

上邪，我欲與君相知，長命無絕衰！
山無陵，江水為竭，冬雷震震，夏雨雪。
天地合，乃敢與君絕！

歌聲反反覆覆，一直重複著這首古詞。女孩跟少年的年歲還小，如何聽懂這首詞的含義？女孩唱得坦然，少年也聽得懵懂。而少年彷彿是受到了歌聲鼓舞，腳步穩健許多，步伐越來越快。一路上沒有任何活物可供捕獵，只有少年帶的一袋清水。每當渴極，少年只用清水潤潤嘴唇，剩下都給了女孩。女孩亦不敢喝太多，生怕到達目的之前消耗光所有的水，連累少年陪自己喪命。

一連行了九天九夜，到第十天的早晨，少年與女孩終於到了洛巫城前。城前高高的城牆，上頭站著一排城兵。少年放下了女孩，深吸一口氣，大聲道：「你們的族人在此！請開城門，讓她回家！」

因為相隔略遠，聲音不甚清楚，但有人以千里眼細細看過女孩，似乎認出了兩人的身分，向身旁的長官耳語幾句。

「那少年是漠族人，女娃子……似乎是……」

女孩的身分我還沒有聽清，長官的重點卻放在了少年的身分。只見那長官瞠大眼驚呼，「漠族人！」立刻大喝一聲，「上弓箭！」

一排弓箭手齊刷刷站上城牆，對準了少年。兩族戰事一直緊張，而漠族少年孤身帶著漢族女孩到此，很難說沒有陰謀。這個時候的他們，不會想到一個男孩揹著女孩，沒有任何藉助，究竟如何穿過那長長的炎漠。他們只知道，城下站著的是他們的敵人。是敵人，便不能讓他活。

少年還是保持著和暖的笑，將即將迫害生命的弓箭視作等閒，執拗地說道：「開門，讓小圓圓回家。」

女孩表情震驚，沒想到人心猜疑至此，稍有不慎，可能便讓少年殞命。她對著他連連搖頭，

「你是傻瓜嗎，快跑啊。」

「不看著妳平安回家，我不走。」少年說。

就在此時，遠處塵沙滾滾，竟是大批的漢族軍隊朝著城邊呼嘯而來，很快列陣於城下。

女孩睜大眼睛，失聲道：「完了。」

少年猶自站著不動，只向後瞥了一眼，臉上一閃而逝的嘲諷笑意，回身目光與女孩相對，溫道：「別怕。躲好。」

霎時間，槍林箭雨，喊殺聲四起。少年站在其中，笑容淡然，伸手將女孩用力一推。女孩叫道：「不要！」身體卻不受控制向後飛退，跌坐在城門下的角落。這個時候，我終於在她淡漠的臉龐上找到了害怕的情緒。少年肩膀中了好幾箭，很快被後面攻城的同族人淹沒。

「不要——」

那一聲尖叫隱沒在重重煙塵裡，我們的眼前也陡然間一白，強光驟起，激得我閉起了眼。

少年生死不知，他們的前緣，在漫天飛沙裡悄然拉開，又被烽火中被生生截斷。記憶中的女孩，是少年的執念。我不知道那少年——也就是現在成鬼的万俟靖淵，為什麼會不顧生命保護她。後來又發生了什麼，讓他竟遺失了如此重要的記憶。本以為記憶觀看到這裡就會結束，沒想到，場景在白光消散後又在變換。

有一個朦朧的聲音告訴我，自少年與女孩分離，又過了十年。

少年沒有死，女孩被帶回城中，此時女孩的身分終於明朗，她叫魏嬋媛，洛巫城的城主之女。記得《楚辭・屈原・離騷》有言：「女嬃之嬋媛兮，申申其詈予。」取意牽引縈繞的意思，十分柔婉的名字。然而，究竟為何魏嬋媛這般身分卻與母親被漠族擄去，險些死在他鄉，卻很值得探究。

此時正當盛夏，山巒青翠，而我們正身在山中，雲深不知處。小心翼翼沿著山路蜿蜒走過，半刻鐘後，豁然開朗。只見眼前一個小湖，湖光浩渺。陽光灑落在湖上，鍍上一層燦爛的金粉。湖上種了無數荷花，荷花的花瓣呈粉色，含羞輕放。荷葉上凝了露水，將滴未滴，閃耀著刺目的光輝。這樣美絕的場景，若是再加一幅美人出浴圖，那便完美了。

果然，忽明忽滅的刺眼陽光下，輕起的波浪裡，橫出一個皎白臂膀，捧起水，澆上蜿蜒墨絲，浸潤出鮮明的顏色。河裡站著一個綽約背影，背部的線條白皙而美好，正是長大的女孩魏嬋媛。……好像撞見了不該撞見的。而且，還有一個男的跟在我旁邊。

意識到這麼嚴重的問題，我連忙將手擋災阿胤眼前。非禮勿視！這麼香豔的場景，我來看就好。反正入行了那麼久，世間百態什麼沒見過，只是洗澡而已，同是女人就不用矯情了。我努力給自己加了幾道心理建設。

凝目看去，池中的女子容顏秀致，一雙鳳眼，眼尾微微上挑，橫掃過來，魅惑中有幾分涼。儘管容貌已經長開，神情之間的冷漠卻半點沒少，彷彿那一日幼時的她被推到城門的角落，滿面的關切與驚慌失措是錯覺。我視線往湖旁一轉，卻看見一名青年正緩步走來。

基於本性的熱心，我下意識往青年的方向大力做出驅趕的動作，揮半天才發現自己正處在隱身狀態，對方又如何看見。連阿胤都看不下去了，推了推我，「好好看戲行不行。」

我尷尬一笑。入戲太深。

想來青年只是路過這裡，想在這裡掬一把水洗臉，一直到靠近岸邊，才發現一個女子正在沐浴，非但沒有躲，反而把眼睛睜得老大。

唔，這人……我扶了扶額。他找抽嗎？

下一刻立刻證明了我的想法是對的，魏嬋媛一轉頭看見一個陌生男人直勾勾盯著她瞧，立時尖叫出聲，玉臂一揮，大片水澤嘩聲而起，淋了對方一頭一臉。

「……」我和阿胤面面相覷無語了一陣。

「姑娘息怒！」青年被潑得狼狽，抱住頭連聲告饒，「我從未有輕薄姑娘之意啊，只是看到一時愣了，姑娘饒命啊……」

魏嬋媛氣急敗壞，「還不把眼睛給閉上！」

青年這才會意，不但閉上了眼，還拿雙手掩得結結實實。女子哼的一聲，終於放心他不會再偷看，連忙上岸，將衣服胡亂地套上。

魏嬋媛不想同那青年有多少牽扯，整好衣服便快步延山梯而下。可是顯然青年不是那般隨便的人，看見女子的身體，就這樣讓她離開似乎說不過去。見到魏嬋媛要走，連忙亦步亦趨地跟了上去。

「不知姑娘芳齡幾何？家住何方？小生不意冒犯了姑娘，心中愧對得緊，我願上門提親，結秦晉之好，咦，姑娘……」

魏嬋媛步伐越來越快，聽到秦晉之好這四個字，猛然停下腳步，險些讓後面緊跟的青年撞個正著。她轉頭，淡道：「婚姻之事豈容兒戲。你既然不是故意，這裡亦沒有第三個人，就此作罷吧。不對，你的口音……你是漢族人？」

青年見他終於引起了對方的注意，拱手一個不倫不類的禮，「小生万俟靖淵，姑娘慧眼，小生正是漢族二皇子。」

万俟靖淵。我倒吸一口氣。竟是當初看到的那個少年。他果然沒有死，在箭雨中僥倖活了下來，不知道是遇到了什麼機緣，身分一躍還變成了二皇子。當日分開的他們，竟在這種場景相見，卻彼此不識。

魏嬋媛嘴角抽搐地看著對方向自己行的江湖抱拳禮，還有穿得亂七八糟的漢家男衣，說道：「你同我行江湖武鬥的女禮我且不計，你這衣裳怎麼回事？」

万俟靖淵傻笑道：「我也不知，我潛進這裡沒什麼思量，只能撿了旁人不要的男衣，躲進了山中想找個歇腳處，不想卻遇見了姑娘。」

魏嬋媛靜靜看著万俟靖淵的臉，紅唇掀了掀，像是想問什麼，最後嘆了一口氣，臉色又回歸漠然，轉身冷聲道：「你別跟著我了。現在我們城裡與漢族誓不兩立，你的身分讓人知道了，很危險的。」說完拾級下山。

「姑娘這是在擔心我嗎？」

魏嬋媛的腳步再次定住。山風輕起，她的髮帶微顫，卻沒再回頭，「你別自作多情。」

「旁人我不會自報我是漢族人。」万俟靖淵走到她的面前，抬頭看著她，「從第一眼看到姑娘，我便相信妳不會害我。我來城中，是要找一個人。現在只有姑娘能幫我了。」言語間一掃傻氣，亦去了漢族人的口音。

魏嬋媛眉毛一挑，那傻氣，居然是裝得嗎。倒是不知道他要找的人是誰，竟讓他甘冒其險潛入敵城中，「你不怕我殺了你？」

「我不怕。」万俟靖淵說：「姑娘剛才欲言又止，怕是心中亦有所求。這樣吧，我們各取所需。我需要一個居所，等我找到了人，我必然不會再煩擾姑娘。然而，姑娘有所願，我亦會想方設法為妳做到。」

魏嬋媛雖然惱他對自己無禮，但也不是個凡事斤斤計較，遇到委屈就一哭二鬧三上吊的小家女子，三言兩語，這場過節便算是揭過了。他們達成了協議後，魏嬋媛幾番思量，終於答應讓他隨自己下山。

而我，卻在他們達成協議的瞬間，我感到了一絲異樣。而那絲異樣到底是什麼，目前我也說不上來。

第十七章　情蠱

而魏嬋媛身為城主之女，也算是大家閨秀一枚，如此明目張膽帶個成年男子回家，怕是沒多久就要被抓去浸了豬籠。魏嬋媛自知這點，從正門回家是不可能的，是以一下山便帶他拐進渺無人跡的巷陌，直至走進一間破敗的草屋。

万俟靖淵始終保持著玩味的笑意，靜看眼前少女走到屋內深處，一點也不嫌污穢地撥開牆上的積灰，熟練一按。想是觸著了機關，但聽鏗的一聲響，地面裂開一個大口，隱隱約約可以看見底下的階梯。

「下去吧。」魏嬋媛率先跳了進去，万俟靖淵亦不多話，尾隨其後。

她將他藏在了密室中。密室與城主府以密道連通，另一端出口正是她的房間。安置好他，她悄然回到自己的居處。一蓋上密道門口，便聽到門外的呼喊聲，很快由遠及近。

她聽到聲音，像是早已料到與習慣，面色不變，快手快腳地取了衣服俐落換上。

看見她此刻的裝束，我驚訝地挑起眉。她分明是城主的女兒，為何此刻卻換成了下人用的粗衣？

「魏嬋媛！」

這一呼連名帶姓，沒有絲毫禮數可言，門被粗暴推開，一張黝黑的老臉便現於人前。那是一個僕婦，身材微胖，偏偏穿著錦緞，然而衣服無法掩蓋她一身粗鄙氣，她嫌棄地拍拍身上沾染的灰，舌綻春雷，「一大清早上哪兒野去，找都找不到人！」

魏嬋媛低眉斂目，明明是如假包換的大小姐，卻在一粗鄙婦人面前卑躬屈膝，「宋媽媽莫怒，昨夜我繡皇后要的司命送子圖，徹夜未睡，是以起得晚些。」

宋媽媽狐疑地將魏嬋媛從頭到腳看了遍，看不出什麼破綻，鼻哼一聲，「別給我捉著了小辮子，灶房那邊正要預備夫人要喝的蓮子羹，妳去幫忙吧！」

魏嬋媛不發一語，繞過宋媽媽便出門往東快步去了。

我怔了怔，看著魏嬋媛的背影，良久才理清思緒。

正所謂有娘的孩子像個寶，沒娘的孩子像根草。魏嬋媛她幼時同她母親一道被漠族擄去，只有她一人生還。城主府內不能沒有主母當家，所以又續了弦，就是宋媽媽口稱的夫人。然而後媽哪有親媽親，魏嬋媛名面上是魏家的大小姐，私下裡連僕婦都能對她隨意使喚。

依照諸多重生宅鬥文的套路，女主角在家中受到屈辱，看似心平氣和地忍下，但總也會忍不住露出一絲仇恨的精光。可魏嬋媛卻沒有。她將所有折辱都坦然受下，對待每一個人，從父親繼母到最底層的灑掃僕人，她都小心翼翼生怕得罪了人，可人性不會因為她的卑微而變得友善，如此循環下去，連個粗鄙的婦人都瞧不起她。

我的眼神悄悄黯了黯。她那副模樣，倒是讓我想起了小時候求學階段，那些惡意的排擠。彼時的我也卑微入塵埃，卻在別人眼中，只是一個拿來寫作業的範本而已。

万俟靖淵在密道中，透過通風口將一切盡收眼底。他目光有驚訝不捨，還有滿滿後悔，「原來他們，也對妳不好。」

我腦中又升起了一陣疑惑。總覺得哪裡怪怪的？

蓮子羹是貴女們喜愛的甜品，尤其是魏夫人，每日三餐都得上一份。可蓮子羹做起來繁瑣至極，得去湖裡將蓮蓬摘下挑好，一個一個將蓮子撥出，這一耗就得幾個時辰。撥得久了，魏嬋媛的手指都紅腫破皮，這時宋媽媽才會送上最好的膏藥，待她傷好，隔日又周而復始。

魏嬋媛的繡工遠近馳名，傳到皇宮裡，皇后楚氏看中她的繡品，命魏家繡一副司命送子圖予她。是以，早晨魏嬋媛於灶房那邊忙活終日，晚間亦不得休息，往往刺繡刺到半夜。如此操勞，沒想到魏嬋媛半點怨言也無，每當將蓮子羹呈給繼母，得繼母誇讚一句，臉上便有滿足的笑容。

為了討好全家上下，她不惜讓自己賤入塵埃。她想得到認可與接納，可是，她真的得到了嗎？

我憐憫地搖了搖頭。憐憫著她可笑的信仰，也憐憫著自己的曾經。

正是半夜，房內的魏嬋媛一如既往還未就寢，此刻卻不是急著刺繡，而是在桌上鋪了張宣紙，挑燈添油，執筆磨墨。她的字跡優美娟秀，行雲流水，寫罷，一行墨跡龍飛鳳舞現於眼前。

天地合，乃敢與君絕。

「這就是妳的願望？」不知何時万俟靖淵已從密道出來站在她身後，表情複雜看著紙上的字，「妳也在找一個人？」

「對。」魏嬋媛的眼睛倒映燈影竟異常明亮，輕聲道：「不過我想，他怕是已經死了。」

万俟靖淵欲言又止。張開嘴唇良久，終於找到自己的聲音，「他們都對妳不好，為什麼妳要這樣忍耐他們？」

他的問題瞬間敲中了我的靈魂。他問著她，彷彿也問著過去的我。當一個被厭惡嫌棄的人久了，接納彷彿是一個恩賜。魏嬋媛如是，我亦如是。

魏嬋媛沒有正面回答他的問題。她凝視眼前自己所寫的那行字，緩聲道：「你知道嗎？我是一個災星。同我親近的都會死。他們都說，是我奪走了母親的氣運，是我剋死了我的母親。那時候我在父親的默許下被漠族擄走，母親為了保護我，一起被捉去了。」

我震驚，原來一個預言能害人至此，連血脈親情也可以棄之如敝屣。

她說：「這個世間對我好的人，除了母親，就是他。他傻呼呼的，為了救我出來，滿身是傷流好多血，卻怕我在他背上被顛疼。他　得像頭牛，我救不了他。我只能在他背後唱著歌，一遍遍都是上邪。那時候我不懂歌詞意義，後來懂了，他已經不在。我想，若是他在，我與他永不分離。」

一個名叫災星的大帽子，讓她受盡流離。即使身在名義上的家，她亦不曾得到溫暖。或許她根本不期望得到溫暖，更準確的說，是害怕。待她好的娘親，死在漠族；待她好的那個無名少年，在她面前被萬箭穿心。

可是她不知道，她要找的那個男孩，就站在她身旁。万俟靖淵深深吸了口氣，「妳跟我走吧。」

「走？」魏嬋媛一笑，笑意凝於眼睫，目光有些冷，「我若逃離，豈不是得背負叛國的罵名。」

「我知道妳想得到認同，可他們未曾憐惜過妳，妳何必對他們那麼好？」万俟靖淵捉住她的手，「若他還活著，看到妳這樣子，心要疼死的。」

魏嬋媛卻一點點將手抽開，冷漠道：「此事休要再提。」

看到万俟靖淵的表情，我腦中的疑惑終於成形。就在這時，久不發聲的阿胤卻突然說話了，「說說看。」

「啊？」

「妳的疑惑。」

我斟酌了下用詞，道：「十年變化，一個少年長成青年，身量容貌大變所以魏嬋媛認不出他還能理解，而万俟靖淵向來心思通透，如果他也沒認出魏嬋媛，到底是哪來的勇氣隨便向第一次見面的異族人暴露身分，還無條件與她回家？」

阿胤頓了頓，盯著臉色蒼白的万俟靖淵，卻冒出一句風馬牛不相及的話，「他身上種了蠱。」

「……」沒有被回答到問題就像皮膚癢而沒被撓到癢處，我鼓起腮幫子，下一秒卻被有蠱二字成功帶走注意力，「蠱？有人要控制他？」腦中飛快腦補他在漠族裡身處在爾虞我詐中的戲碼。

「不是。」阿胤目光從青年身上移開，抓了我的手往外走，「或許去了那裡就有答案。」

我們穿越了兩條大街，一座紅樓矗立眼前。在看到牌匾上的三個字，我瞬間驚恐了，「你你你，你帶我上青樓？」

阿胤抬手指了指比我們先行一步欲踏進門的一個偉岸男子，竟是万俟靖淵。

「他他他去青樓？」震驚得都結巴了。

阿胤懶得搭腔，拉了我尾隨其後。

刺鼻的脂粉味激的我打一個大噴嚏，阿胤將我當初給他的帕子遞給我，亦步亦趨跟在万俟靖淵身後，直到對方行至一扇裝修華麗的門前，兩輕兩重扣響了門扉。

門很快被打開，我與阿胤趁隙鑽了進去。屋內的主人闔上了門，是個面目清秀卻打扮得極盡華麗的男人，臉上掛著玩世不恭的笑，活像個浪子，未語先笑，「怎麼樣，我給你的計策不賴吧？」

万俟靖淵皺了皺眉頭，「最近總覺得身體有些無力，阿揚，你給我瞧瞧。」

阿揚名喚南宮揚，聽到這句馬上收斂笑容，上前給他把脈。當手指移開對方的脈門，南宮揚額頭上的青筋跳了跳，「執念沒那麼強烈了，你這是打算放下她？」

「我……」

表情馬上暴露了一切，南宮揚身為他的好友，馬上知道他想說什麼，深吸一口氣，才忍住沒爆發，末了是一個深深的嘆息，「行，最後一次。你再胡來，我幫不了你。」

「謝謝了。」

尾隨著万俟靖淵出了樓，我心裡卻沉沉的。他們的對話我十有八九都聽不懂。我只知道，万俟靖淵來找南宮揚，不僅僅是治病那麼簡單。

周而復始的朝朝暮暮，魏嬋媛做著粗活，有搬重物的挫傷，有夜裡洗衣的凍傷，有繡花造成的刺傷，亦有熱水熱油不小心濺過的燙傷。傷痕愈來愈多。傷口為了在外的體面而癒合，又在日以繼夜的操勞中復發。一如既往她坦然扛了下來，而身為旁觀者的我不忍心看，越看越憤怒。如果可以，我真想一把奪過她手下正做的每件粗活，把任何欺辱她的人一腳踢到爪哇國去。但我不能。我只是一個旁觀者，無法干涉這些事件。

而有一日，魏嬋媛正打掃滿院落葉，一個婢女打扮的人搶過她的掃帚。

細看之下婢女的身材有些魁梧，劣質脂粉擦得奇厚，竟是異裝過後的靖淵。魏嬋媛又氣又好笑，「你做什麼啊！」

「我決定了。」万俟靖淵抹一把額上的汗，「不管妳做什麼，我陪妳。同妳受一樣的傷，亦同妳出一樣的醜。」

魏嬋媛怔住了。她站在原地，看著園中不倫不類的滑稽背影，秋水般明眸浮起了淡淡水光。

自此，人人皆知魏大小姐身旁多了一個啞僕。啞僕喜好濃妝，偏偏畫得奇醜無比，亦步亦趨跟在魏嬋媛身後，形影不離。

多了這麼一個莫名其妙的人，馬上就有人坐不住了。院子內，一個半老女子輕掀手中茶蓋品了一口，眸色陰鬱，正是魏嬋媛的繼母明氏，「去查明那醜僕是誰的人。」思考了一瞬，唇角突然揚起，有一種刻薄的味道，「別是那災星，養了一個男人吧。」

明氏身旁的宋媽媽察言觀色，立刻計上心頭，踏前一步獻策，「夫人，我有一計……」

看到這裡，我心中暗暗叫糟。

那邊已在籌謀，而万俟靖淵正與魏嬋媛外出採買食材。走進一個巷道，但聽陣陣破風之聲，劍光刺眼，刺向魏嬋媛。魏嬋媛不會武功，而万俟靖淵反應最快，快手將魏嬋媛推開，但畢竟事出緊急，當場他的肩膀就中了一劍，鮮血馬上透出來。可他似是沒有感覺到疼，從袖中抽出短劍，飛身迎上，全是不要命的打法。

「靖淵！」魏嬋媛見他為她流了血，失聲一呼，目光轉向包得只剩眼睛的刺客，眼神陡然凌厲，「你是誰？當街傷人，有沒有王法了？」

刺客怎麼可能回答他，兵刃相交，生死只在彈指瞬間，稍有不慎可能血濺五步。万俟靖淵武功明顯不及刺客，卻勝在他一股拚命的蠻勁，即使幾招下來整個已成血人，仍然擋住刺客讓他無法騰出手來傷害身後的少女。

魏嬋媛沒有逃走，她站在不遠處，表情掙扎。她清楚她如果此刻離開，怕是万俟靖淵就此犧牲。她的處境不可能請到救兵。若是要渡過這一劫，只剩下一個方法。

我終於知道為什麼當年漠族差點要將幼年的她當做妖女燒死，儀式之前還要蒙住她的眼。

因為她的眼睛是一個可怕的利器。

只見她定定站著，眼眸猛然被漆黑占滿，一瞬間那個美麗少女變成了修羅，彷彿凝滯了時間，將刺客靈動的身影遽然扼住，万俟靖淵短劍趁勢刺進對方的心口。

戰鬥結束的時候，魏嬋媛的身體晃了晃，咬牙站穩，万俟靖淵立刻沒了意識，脫力仰倒。她連忙上前扶住了他。感到他的身體沉重，魏嬋媛的呼吸急促了些許，聞到血腥，她的聲音不由自主顫抖，「不要死。求求你，不要死。」

忍著眼前視力模糊，她艱難地揹起了他，往巷口的另一端奔離。

家是暫時回不得了，她毫無猶豫，往他曾經同她提過的地方而去。當看到香玉樓三個字，且看到一名少年從裡面走出，終於支撐不住，悠悠晃倒。

香玉樓，顯而易見是間青樓，而剛剛走出的少年，我們剛剛見過的，便是此樓的樓主南宮揚。他看見他身負重傷，大吃一驚，二話不說便喚了侍女抬過二人進去救治。

待魏嬋媛醒來時，第一時間趕到万俟靖淵房裡。他的傷口已被妥善處理，但仍昏迷不醒。她幾步上前，拉起他的手，含著淚攥緊。

「靖淵。」她淚眼婆娑，「我好害怕。」

他的手涼得可怕，不像活人的手。若不是他鼻前還有微弱的呼吸，怕是會被判為死人。他滿身繃帶，面部表情卻無傷無痛，還帶著笑意，「小圓圓，不要害怕……」

魏嬋媛心頭劇烈一震。她神色不可置信，顫抖著手掀開了他的衣領。

有一個洞穿過的陳年箭傷，猙獰地釘在肩頭。左肩右肩，胸口，肚腹，無數傷痕，沒有一處不是險死還生。確認了心中的猜想，她捂住嘴，淚如雨下。

她以為他死了，曾經不死心想找到他，卻沒想到，他先找到了她，她卻不認得他。她累得他再一次為自己受傷，若不是那一聲小圓圓，她就要這樣錯過他了。可是為什麼，他不願意說，讓她對他冷心冷情，把心傷獨自吞下？

「痴人啊。」在門外把一切盡收眼底的南宮揚輕嘆一聲，負手走進。

魏嬋媛知道是他救了他們，擦過臉上的眼淚，屈身便要行禮。南宮揚連忙托住了她，笑道：「魏大小姐，折煞在下了。」

魏嬋媛眉頭一挑，「樓主知道我？」

「阿淵同我說過妳。」南宮揚上前探床上男子的脈，道：「妳既知道這裡，看來阿淵也同妳說過我。」

魏嬋媛神情有些侷促，絞著衣角，道：「那，你知道當年我與他的事了？」

南宮揚頓了頓，無奈一笑，「豈止是知道，他找到妳，卻遲遲不肯表露他的身分，我都替他急眼。」

「為什麼？」魏嬋媛追問道：「這些年，他到底遭遇了什麼？」

南宮揚涼涼地瞥了依舊昏迷的青年一眼，「他不願讓妳知道，妳亦不要知道為好。」

魏嬋媛深深凝視還在昏迷中的万俟靖淵，看了看窗外的天色，突然朝他跪了下來，南宮揚急忙又將她托住。她目光不抬，沉聲道：「樓主，我不能久留在外，靖淵他就拜託你了。」

「我是他的好友，這是自然。」

看著少女決然遠去的背影，南宮揚忍不住又一聲嘆，「世人都說我能生死人而肉白骨，卻不知道單憑我一人之力，再強大的醫術也無法跟人的執念匹敵……阿淵，你可要想清楚了。」

莫要枉我一番苦心。

第十八章　君絕

万俟靖淵躲在了香玉樓，魏嬋媛則是回到家中。而魏大小姐身邊的啞僕遭遇刺客失蹤的消息不脛而走。知道城主家裡內幕的人不禁嗟嘆，好不容易有一個忠僕，因刺客而失蹤，此刻恐怕已經死了。而啞僕為何而死，不少人心中是雪亮的。

魏嬋媛一回家，一如既往做著各種粗活，只是身旁再沒有人陪伴。她想，待他傷好，若是他想通了，便會找她。若他本來不想與她相認，她強迫他亦是枉然。

香玉樓內，万俟靖淵身上的傷好了七七八八，靜靜站在窗前，面對著城主府的方向。

「想她了？」南宮揚一看見他如此樣子，有些難以忍受地搖頭，「你既放不下她，又不願與她相認，何苦呢？」

「我來找她，本就是要看她安好。」万俟靖淵藏起心裡的失落，勉強笑了笑，「既然找到了她，我也該回去了。」

「回去？」南宮揚表情陡然猙獰，一掌對他腦門就是一擊，「你是腦子壞了，還是腦子壞了，還是腦子壞了！好不容易活下來，讓我給你籌謀怎麼接近她，你跟我說你只想遠遠看她安好？」

万俟靖淵捂著腦袋還是一貫的笑，「阿揚。可是我，不知道什麼時候會死呀。」

「死又如何？」南宮揚餘怒未息，「兩情若是長久時，又豈在朝朝暮暮。你便那麼放心她？隨著她在府裡那樣久，你不知道裡面的暗流遲早會害死她？」

万俟靖淵身體一震。

「你不想耽誤她。我知道。要嘛從一開始就不要出現在她面前，要嘛你救人救到底，送佛送到西！她已經認出了你，以那丫頭的死個性，此生不可能再放下你。你還要逃避她嗎？你想看她最後因你而死嗎？」

一番話連珠炮般轟下來，万俟靖淵頭痛撫額。當他聽到「她為你而死」五個字後，彷彿一道驚雷劈開他的思緒，他心頭震顫，繞過南宮揚就想往外衝。

「喂！回來！你想死啊！」南宮揚氣急敗壞。

万俟靖淵寫了紙條以信鴿傳信欲約她出來，九月十二，於城後碧波亭中相見。

他不知她會不會來，但他希望她會。

他想過了。若是他沒福氣與她一起活到白頭，至少將她拉出家裡那漩渦。宅裡的鬥爭太過陰狠，她外表冷漠，心裡卻一團熱血。若是哪天看見家裡人的真面目，她會傷心的。

九月十二是魏嬋媛的生辰，他想給她一個不一樣的生日。

那日已經入秋，碧波亭旁種滿了楓樹，一片如烽火璀璨的紅。万俟靖淵在數十丈外已經先迎上她，特別蒙住她的雙眼，牽住她的手一步步往碧波亭裡行去。

「万俟靖淵，你到底要做什麼呀？」期間魏嬋媛哭笑不得地直問，而他笑而不答。

万俟靖淵扶著她在石椅上坐好，「記得閉著眼睛，等我說了妳再睜開啊。」

魏嬋媛無奈地笑笑，勉強點了點頭。

万俟靖淵小心異異解開蒙在她眼上的布，靜靜看了眼她緊閉的雙眸。長長的睫毛微捲，撲扇般蓋住她流光溢彩的靈動眼瞳，他極喜歡她的不染纖塵。戀戀不捨移開目光，万俟靖淵勾起微笑，「可以了。」

魏嬋媛顫顫睜開眼，久不見光的眼睛有些畏光地瞇下，待得適應了眼前的光線，她終於看清了眼前的事物，登時睜大美眸。

「全是我做的。好看嗎？」万俟靖淵笑得一派真誠。

目光所及全是亮色，比秋楓更豔上幾分，那是以紅色同心結串成的三面簾子，風拂起掀起十丈軟紅，彷彿出嫁般喜氣浪漫。

那是万俟靖淵花了三天三夜，手指無數次被粗繩磨出了繭，一線一線不假手於他人而織出來的。

魏嬋媛撫著心口，似是強自壓抑胸口湧起的悸動。她走上前，伸手去觸，紅繩微糙的觸感刺激她指尖。這是真的。一時間，她神情百感交集。最終，他回應了她的等待。十年前刀光箭雨隔斷了他們的前緣，每個日夜，她無數次幻想著與他重逢，有很多話想同他說。十年來偷偷打聽他的下落，可次次失望而歸。

万俟靖淵在她撫觸同心結穗時，忽然輕輕按住她的肩頭，將她轉向自己。他凝視著她的眼，雙手握住她的柔荑，此生只有這一刻最嚴肅認真，說道：「嬋媛，我喜歡妳。我可以帶妳在東南草原天高雲闊，妳願不願意嫁給我？」

紛飛的燦紅下，英俊男子毫無掩飾對自己表白，一向大方的魏嬋媛亦是紅暈染上雙頰。

万俟靖淵見她神色，顯然心意有所動搖，朗朗一笑，道：「我從不勉強人。嬋媛，如果妳也喜歡我，妳便親口答應我。」

魏嬋媛終於抬起頭，勇敢對上他的眼睛。她深深望著他，紅唇微啟，一字一字輕聲對他唱道：「上邪，我欲與君相知，長命無絕衰！山無陵，江水為竭，冬雷震震，夏雨雪。天地合，乃敢與君絕！」

她雖然沒有正面回答他的問題，她口中吟唱的古詩已經表明了一切。便是此詞，支撐幼時的他們熬過了漫漫荒漠，熬過了荏苒歲月，也支撐了他的生命一路走到這裡。万俟靖淵無法控制地狂喜起來，忘情地抱住她，飛快轉了幾圈，「太好了！長生天，今日魏嬋媛願意做我妻子啦！」

長生天是漠族信仰，漠族人成婚都是以草插地為香，向長生天拜上九拜，便算是結髮夫妻。万俟靖淵這樣一喊，同時宣示魏嬋媛是他的未婚妻。魏嬋媛被轉得有些頭暈，紅暈在她頰上如紅霞，唇角微微勾起幸福的笑容。

而在幾日後，万俟靖淵接到族裡人的傳話，要他回漠族一趟。

分別之前，魏嬋媛對万俟靖淵說，九月十八，她會穿好嫁衣，等他親自來接她。

臨別依依，万俟靖淵自然答應她。他先回了漠族，九月十八，他一定會穿最好看的衣服，帶著世上最燦爛的笑來娶她。

看到這裡，我有種不好的預感。如果沒有記錯的話，當年漠族軍屠洛巫城，不早不晚正是九月十八。

万俟靖淵數月待在洛巫城，回到漠族才知道，漠族已經向越秦朝開戰，且已攻城掠地數月，大刀即將揮向洛巫城。

万俟靖淵知道這個消息後，當然要萬般阻撓此事。可惜他雖身為漠族二皇子，威權還是在他父汗手上，他如此大張旗鼓地反對，立時被漠族大汗派人幽禁。

可万俟靖淵如何會甘心。其實他並不在乎旁人的性命，洛巫城滅了又如何，可裡面有他一生認定的妻。他怎麼可以放任自己的族人去傷害她……

他說過的，他要穿最好看的衣服，帶世上最燦爛的笑來娶她。

深黑的石洞裡，万俟靖淵渾身鎖滿鐵鍊，鐵鍊繫在石壁上，粗糙牆面刮著他的背，因為掙扎而磨出了血痕。他的喉嚨不斷發出如狼的低吼，雙眉豎起，不止一次想脫逃，弄得叮噹作響。

他心緒如浪潮般洶湧澎湃，一層一層拍打著名為命運的對岸，即使一時半刻無法將阻礙毀散，他還是悍不畏死地橫衝直撞，他要救她，他不允許父汗野心的刀鋒揮到他妻子身上，也不允許自己族人的一念貪婪而讓魏嬋媛在看他的眼神中多上一道國仇家恨……他不允許！

從烈陽高照到月明星稀，他毫無停頓，不顧疼痛地死命掙扎。鐵鍊的悲鳴如殘鈴微弱卻一下又一下不絕響著，代表著他不曾稍歇的決心。

磅的巨響，束縛他雙手雙腳的鐵鍊竟被他硬生生掙斷，火星濺上他的皮膚，輕微的灼疼。鐵鍊在他身上磨出了無數傷口，血不斷地在流，其中的疼痛難以想像，而他卻恍如未覺。他緊抿嘴唇，蓬亂的髮遮住了半張俊顏，卻遮不住他亮得可怕的眼。

他一定要帶走她。

哪怕遍體鱗傷，他還是拚命掙脫了桎梏，連夜乘馬往洛巫城趕去。洛巫城的命運如何，他不在乎，他要在破城前把她帶走。

漠族所過之處狼煙四起，青鋒如練刺破蒼穹，劫掠之處皆成荒原，血氣靜靜掃過。戰意沒有因為萬里行軍而有半點消滅，羽箭高懸，凝弦落下之地橫屍遍野。而他，白駒千里踏月，只為找心底心念的伊人。

羌笛聲起，他已經策馬接近了洛巫城。

然，他仍晚了一步。

鐵甲戎裝，絕嶺旁孤雁唳鳴而飛，十萬漠族軍兵臨城下。一輪荒月高掛空中，夕陽還未落下，照得整面城牆嫣紅似血。

万俟靖淵顫著唇，他知道，他已經來不及帶他的妻子回來。因為此刻她就站在城牆上，冷冷看著自己。

十萬漠族軍，他又如何能抵賴，恐怕每個人都認為是他帶兵要滅了洛巫城。那是魏嬋媛的家。他滅了她的家國，她此生怎麼可能不恨他……

而今日，正是九月十八。她已穿好嫁衣，一頭烏髮盤起，簪上水晶步搖，衣上以金線縫綴出精緻的交頸鴛鴦，狂風中獵獵狂舞，鴛鴦在衣上生動如活物，似要乘風振翅而去。平常不拘小節的她難得精心盛裝打扮，紅唇上抿了胭脂，是大喜的顏色，卻要被覆了家國。

她定定望著城下呆愣的他，面無表情，澄淨的眼瞳無喜無悲，抬起素手，毫不猶豫拔下髻上所簪的水晶步搖，圓潤的珠子在她的使力之下脆聲崩落，如雨點般紛紛砸在地上，顆顆晶瑩如淚，落在地上若荷葉呈露，清美卻孤絕。

只覺得心臟如被人緊緊捏住，万俟靖淵痛得幾乎無法穩坐在馬上，他的心情深深烙印在我的意識，我知道他為何而痛。

他想，她應該最初時也是高高興興穿了如此華美的嫁衣，便是要等他來娶她。豈知她等了那樣久，等來的卻是兵臨城下，等來的卻是國破家亡……

她所穿的嫁衣精緻得讓他心顫，恐怕是在她決定私定終身後，整整六天的日夜，只要她醒著，一針一線珍而重之繡上嫁衣，同時也代表著她所期待的未來。可他最終還是……辜負了她……

她的目光清冷，卻沒有移開哪怕一瞬。距離太遠，他聽不到她的聲音，依稀看到她紅唇掀動，一字一字在他眼裡異常清晰。

「我願與君絕。」

聞得這句，万俟靖淵的臉瞬間褪失血色。

他失魂落魄，卻無法阻止自己族人的野心攻城掠地，身後真正的主將一聲令下，烽煙乍起，在未落的夕陽下暈開更多的豔烈煙華，和當日碧波亭中楓影掩映同心結是一個顏色，只是前者象徵了血腥殺伐，後者才具有兒女情長的浪漫。可一切，再也回不去了。

亂軍吶喊著奔湧，殺聲震天，很快破城，爬上城牆。牆上腥氣四溢，而曾經的芳蹤在黑潮中失了蹤影，看不到她在何處。

「嬋媛——」万俟靖淵好不容易回神，而他看不到她，不禁一聲呼喚，驚天動地。那一刻他心急得像要發了瘋，慌然策馬，是否會撞到人他也不顧，橫衝直撞奔入了城。他要找到她，他一定要同她解釋，要滅她家國的不是他，即使他的族人真的毀了她的家國，他會當她的家，他就是不希望她一世恨他……

「嬋媛——」忙亂地四顧始終看不到心上人的倩影，如要失了歸途，他喊聲幾欲嘶啞。長生天，魏嬋媛是我妻子，縱不是你的子民也請保佑她……

紛亂的馬蹄聲中，他無心殺敵，進城唯一所願就只有她一人。

馬蹄踏月，濺起紛飛的煙塵，万俟靖淵穿過重重血霧與尖喊，下意識奔往崖邊。

他下意識覺得，可以在那裡找到她。

策馬逐漸奔近，他終於看見了他心念的人影。她一襲嫁衣似潑天業火，灼傷了天涯也灼傷了他的眼。

她站在崖邊，足尖離邊緣不過三寸之距。

她想要做什麼，任何人看了都會明白。

「嬋媛。」万俟靖淵又喊了一聲，聲線很是惶急，「妳站進來一點，別做傻事……」

魏嬋媛聽到他聲音，驀然回眸一眼。

這是她喜歡的人，她本來期待他來娶她。她不需要盛大場面，可他帶來的是毀滅。她依然記得，她的父親面對她滿面怒容，說：「妳果然是災星，看來當初我本不該留下妳！」

一句話，將她每日每夜，忍著滿身傷，傷口結疤又裂開，裂開又結疤，那些卑微的討好，全部一次否定。那一刻她的信仰如此可笑，她以為她取悅了每個人，就可以讓全世界接受她，可她錯了。災星之名就如命運，沾上身便再也洗不脫。

想用卑微來換取天下人的接納？不存在的。但凡有半點行差踏錯，便會被全盤否定。她沒有家，我亦沒有家。我的目光再次沉鬱。

她看見一個又一個熟悉的親人死在漠族軍的刀下，她便知道，她已沒有勇氣也沒有理由嫁給他。

這一次的破城，讓她一生的信仰一次被否定，她恐懼徬徨，可偏偏……

為什麼，好不容易找到的希望他要如此無情毀散，為什麼？

她只希望平平淡淡和喜歡的人一起白頭，這個要求很困難嗎？

「嬋媛，妳進來……」万俟靖淵又喚一聲。什麼都好，最後她不願意嫁他沒關係，他希望她能活下去，別因為自己而摧毀她的純淨，他會後悔……

一句讓她清冷如洌雪的眸光在一瞬破碎，水色浮動，張開口，崩潰的嗓音在半空中炸開，「我沒有國！沒有家！本來以為嫁給你，我就可以海闊天空，可你帶來的是什麼？是災難！為什麼我要認識你！為什麼我會喜歡你！為什麼，為什麼啊……」

長時間緊繃虛假的表情也一齊碎裂，她轉身，清淚再忍不住劃落兩頰。她纖瘦的肩膀狂抖不止，脆弱得彷彿一碰就碎，看得万俟靖淵一陣心疼。

「嬋媛……」万俟靖淵一遍遍喚著她的名，緊蹙眉頭，出口聲線如枯葉般毫無潤澤，再無過去如酒的低沉醇厚，道：「如果我說，領兵要屠城的不是我，妳信嗎？」

喊殺聲在遠處還在繼續，魏嬋媛止住了顫抖，回過身來，定定望著他。狂風颳起，吹得兩人髮絲凌亂，她突然輕輕開口，說道：「來不及了。靖淵，我喜歡你。可是我沒有勇氣了。」

即使沒有誤會，她還愛著他，她也沒辦法留在他身邊了。他們之間隔著國仇家恨。她無法違背自己，違背萬千城民親友的無辜血魂，如果她跟他走，她注定寢食難安痛苦一生。

「靖淵，你走吧。不要找我。」魏嬋媛笑得恍惚，凝睇万俟靖淵一眼，微退一步，緩緩向後躺倒。

「不！」万俟靖淵瞳孔驟縮，身體比心念更快動作，足尖一點直接離鞍而出，向魏嬋媛直撲而去。

雖他反應速度很快，卻阻止不住她下墜之勢。万俟靖淵要觸及魏嬋媛之前，她身上忽然揚起了火光，焰火很快吞噬了她整個身軀，嫁衣上所繡的金線鴛鴦剎那染黑。

魏嬋媛還保留一絲意識，看到他想過來抱住自己，不想搭上對方的性命，伸出手想把他推開。然而，万俟靖淵無畏烈火，執意要抱住她，雙臂一張已將她抱在懷中。

烈火很快延燒在他身上，他笑容溫柔。

「嬋媛，妳是我的妻啊。無論如何，我都不會放開妳。」万俟靖淵無視烈火舔身的痛，聲線很細很輕。

罷了，他痴心如此，終究她阻止不得他。魏嬋媛闔上眸子。

兩人一齊從懸崖上跌落。在昏暗天色中，只剩業火熊熊燃燒，直至燒成灰燼。

我們就在漫天火星之下，那亮光亮得睜不開眼。待火星散去，一切變得黑暗。黑暗裡，突然又聽到啪的一聲響，但聽狂風呼嘯，又是滿眼蒼涼黃沙，鋪滿天際。

最後一幕，我們竟又回到他們分開的那一年。

戰事停歇，少年滿身的血，身體被無數箭矢扎了個對穿，趴在戰場中心。他奄奄一息，掙扎著想往城門移動。

不知道掙扎了多久，少年眼前多了一雙乾淨的鞋。他艱難抬頭往上看去，看見了一張玩世不恭的臉，竟是香玉樓的樓主南宮揚。

「你想活下去嗎？」南宮揚問少年。

少年万俟靖淵劇咳一聲，聲嗓因為血流半乾而沙啞，「想啊。」

「我會用蠱術為你續命。」南宮揚說：「你本已死去，因執念才至今未魂歸地府。可這是有代價的。蠱蟲之力消失後，你將忘記所有。」

少年苦笑一聲，「我不在乎。」

「你既無異議，那請你告訴我，支持你生命至今的一句話。」南宮揚準備結印施法。

少年目光悠遠，戀戀不捨地看著城門，彷彿那女孩的身影還未離去。良久，他笑了笑，輕輕道：「天地合……乃敢與君絕。」

傳說整體細節便是如此，直到從万俟靖淵崩塌的憶境出來，我依然目瞪口呆。

万俟靖淵一看見我和阿胤出來，神色都很凝重，期冀地問我，道：「怎麼樣？」

我慎重望著他，「你確定要知道嗎？不是太哀傷的故事，總之結局不太好。」

他們的悲劇來自於不夠勇氣。他們可以相信對方，卻不能相信自己。當心中被不確定所佔據，會導致在愛情的道路上行路緩慢，甚至裹足不前，導致該愛的人全都錯過，徒留悵然心傷，他們悲劇就是那樣促成的。如果万俟靖淵敢提早而明確地表示他就是當初的無名少年，或者是魏嬋媛願意拋開民族成見與他先行遠走高飛，破城又如何，他們不知道便與他們無關。

或許我的想法偏向個人主義，但我之前說過，人的力量總是有限，當事情難以兩全時只能選對自己有利的決定，沒必要牽掛自己力所不能及之事沒事給自己添堵，這樣非但別人悲劇，連自己也一起悲劇了。

万俟靖淵雲淡風輕地笑了一聲，「再怎麼糟糕的結局都不過一個死字，我都知道我已經死了，還有更糟糕的結局嗎。」

我咳的一聲道：「好像也是啦……」

與上次君陌宸同樣的手法，我將手覆上万俟靖淵的額頭，將剛剛看過的影像傳進他腦中。有別於上次君陌宸的臉色蒼白，這次他的反應倒是很平靜，唯一的變化就是眼中迷茫逐漸減少。

做人不能太糊塗，做鬼也不能糊塗。但是我們身為畫魂師，常常要讓鬼魂覺得很糊塗，我們才能方便進行畫魂。如今，万俟靖淵既然甘願讓我畫進紙中，我倒可以破例讓他明白點。

等到我放下手，万俟靖淵只是淡淡望過來一眼。因為我現在已不在他憶境中，所以我讀不出他的心思，乾笑道：「我會在幻境裡改變結局。想辦法讓你和嬋媛白頭，雖然這是幻境啦……」

「勞您費心了。」万俟靖淵目光悠遠，終於吐出這句話。

「咦，有件事情不對啊。」我疑惑地望向万俟靖淵，「為什麼兩百年前只有你的魂魄滯於人間，魏嬋媛的呢？」

「為什麼還留著不去冥界找人是嗎？」万俟靖淵直接一口接下我的疑惑，攤了攤手道：「或許是對記憶的執念，加上可能鬼差漏了我，我沒有找到記憶，我便沒有辦法找到要找的人。」

鬼差竟然在此時翹班了嗎？我覺得一口血卡在喉嚨裡。

事情已過了兩百年，不用想也知道魏嬋媛鐵定投胎轉世而去，而万俟靖淵如果沒有被我畫在紙中，便沒有辦法輪迴，不久後將在天地之間魄散。既然他找了我，我便幫一把他吧。

第十九章　起點

要怎麼改變結局，這次我有些譜了。

既然問題的癥結點在於他們不夠勇氣，那我們就在幻境中推波助瀾，讓他們早一點訂下終身，遠走高飛先逃離戰火。只是其中的大問題是要怎麼讓万俟靖淵先和漠族斷絕關係。

我摸摸下巴。漠族能這麼快攻城，多半和万俟靖淵本身滯留於洛巫城有關係。只要他不是漠族二皇子，一切便不是問題。

柳思依然表示不插手此事，對此我已經習慣。

万俟靖淵沒有反抗的意思，畫魂進行得很順利，我和阿胤平穩地入了幻。

幻境的開頭是越秦曆一百九十八年，万俟靖淵還沒和魏嬋媛相遇的那一年。

我在想著，我究竟要在他遇見魏嬋媛之前叫他離開漠族呢，還是要他在對魏嬋媛情根深種時，再勸他不管如何先帶魏嬋媛離開洛巫城呢？

前者的話被以為是瘋子的機率較大，還是後者比較可行。

我們先找到了万俟靖淵，暗中跟著他。他果然是要往洛巫城去的。而最初，到底是為什麼，少年的万俟靖淵會如此維護魏嬋媛，以至自己的性命都不要呢？

我很是好奇。

一路躲躲藏藏跟他進了洛巫城，當然，我們很識相地直接迴避那場長大後的初見。

同憶境裡所見，万俟靖淵用計接近魏嬋媛，被她藏入密室之中。我們現在的任務，就是要讓魏嬋媛早點知道万俟靖淵便是當初的無名少年。

我開始糾結。該怎麼告訴他，他最初的態度是不對的，如果突然從街角冒出來告訴他，別說幻境中被畫的魂魄不能看見自己，便是沒有這個限制，單以邏輯來論，要有多高強的理解力才能讓他知道我們是要改他們的悲劇結局，而不是橫插一杆來搗蛋的啊……

我想起來了，万俟靖淵與魏嬋媛之間，起到最大的催化作用的是南宮揚。他們之間一個大轉折，是魏嬋媛在香玉樓裡終於認出万俟靖淵。如果將此事提前一年兩年不知道能不能讓魏嬋媛提前表達心意？

心動不如馬上行動，我尋著當日在憶境裡的記憶，找到那人。身為香玉樓的樓主，他出入地點理所當然是青樓，還是城內最高級的青樓。

我女扮男裝，同阿胤一齊進了洛巫城最大的妓院。

一路分花拂柳，阿胤不動聲色地避開了有意無意差點撲在他身上的溫香軟玉。他的閃避造成的直接後果便是，一群女人很有默契地相繼仆了街，我們走過的道上乍看之下十分壯觀。

大姐，歡迎我們也不至於這樣呀親……

我微不可察抽了抽唇角，扭頭只當不見。

我安排了一場計畫性巧遇。我們先摸清那人大致的行蹤，看準他確切行程，然後便假裝無意來到此地，同他攀談幾句話。至於樓內的花費什麼的，既然我是創造這個幻境的畫魂師，變出金銀不是什麼難事，只是不能一次變太多，造成通貨膨脹便糟糕了……

掀開帳簾，濃烈的胭脂味撲面而來，我敏感地皺了皺鼻子。

裡頭鶯聲笑語，房中一個樣貌清秀的公子哥，左摟右抱各一個俏佳人，背後還有一個正殷勤為他捶背。豔福真不淺。我又抽了抽嘴角，領著阿胤入房，一步步走近，「香玉樓生意太好，已經無獨立包廂，這位兄台願不願意分個座予我們兄弟，我等將感激不盡。」

聞言，清秀公子一雙懾人的丹鳳眼淡淡眄來，隨便一瞥便是萬種風情，「自便吧。只要別是在廂房裡行男女之事便好。」

「……」

這衣服，這做派，一看就是有錢人家的子弟，難怪能這麼靡爛地在這裡泡女人。為了万俟靖淵的結局，我忍了。

推杯換盞，酒杯碰撞之聲不絕，我無法推辭舞女們遞來的酒杯，幾杯黃湯下肚，酒量淺的我酒意微醺，連帶的舌頭也大了起來。看出我酒量不好，阿胤臉上浮出幾絲擔心，舞女們遞給我的好幾杯酒都被他中途截去喝下，沒多久，頰上也似塗了胭脂般紅潤，舞女們看了，掩住嘴輕聲嬌笑。

而醉歸醉，我不可能忘記此來的目的。同在一個廂房，我費盡渾身解數同南宮揚搭訕一陣，使盡了一切辦法找話題。我在這頭搭訕了半天，南宮揚終於願意正眼看我，卻是毫無避諱地上下打量。

我只被他瞧得全身發毛，還沒開口問他，他聲音先涼涼響起，「妳是個姑娘吧？如此刻意來在下面前，究竟有何貴事，別彎繞，開門見山。」

我一震，酒醒了大半，結結巴巴問道：「你、你怎麼看出、看出來的？」

南宮揚覺得好笑，噗嗤笑出來，「也不該稱妳姑娘，瞧妳應該只二八年華，一張臉都沒完全長開，該稱妳一聲小姑娘才是。生得倒是清秀，說傾城還差遠了，如果此行是來勾引我的，便趁早回去練練吧。」

我磨了磨牙。他的意思是我長得太稚氣了是吧？大姐我雖然穿進了十六歲女孩的身體，但是心智是貨真價實的二十三歲！

南宮揚又補刀一句，「妳扮成這樣，若我是男是女都辨不清，我枉稱浪子，還不如現在斷袖去。」

我扶了扶額，瞥了眼在一旁閃躲眾女魔爪的阿胤，靈光一閃，轉瞬笑容燦爛，「這是個不錯的提議，你同他斷袖怎樣？」

「……」

看他的嘴瞬間張大到可以塞雞蛋，終於能反將一軍的我滿意地笑了聲，很快收起笑容，鄭重道：「行，我就開門見山。」一面說一面取出銀票，豪氣地擺在他桌上，「我有一個朋友，他來找他的愛人，只是明明已經靠近她，卻死活不肯表明心跡，我們做朋友的很是焦急，想請你幫個忙。」

南宮揚一看見桌上銀票的數字，隨手將它收在懷裡，眉眼輕浮地一挑，「簡單。」不知從何處拈來個小瓷瓶，遞在我眼前，「想讓你朋友開竅，把這灑進食物，當夜就修成正果了。」

「……」

我勉強自己慈善地看著他，默默把自己想抓破他臉皮的爪收回去，道：「春藥的話不勞你費心，我們街上就可以買得到，不過我不會用。我此次來，是想找兄台演場戲。」

現實中的万俟靖淵竟碰到這個浪子，實在倒了八輩子霉，還好只是討教過他如何靠近魏嬋媛，如果直接當他弟子，我不知道他會不會被帶壞，直接變成一個浪子，想像万俟靖淵風流的樣子我就胃疼。

南宮揚來了興趣，問道：「什麼戲？」

我感慨地說：「我朋友害羞，不希望我們幫他，所以我想不著痕跡地幫他一把。」說著，又從懷中取出一張紙，上頭是我事先寫好的劇本。

南宮揚接過紙，一目十行，當看到万俟靖淵與魏嬋媛這兩個名字，眼眸突然微微一瞇，笑容突然斂了下來。而我沒有在意他表情的變化，兀自興高采烈解釋紙中所寫的劇本，「患難見真情，想讓他們之間更進一步，只能製造意外。至於要怎麼製造意外？……」

話還沒說完，南宮揚眼神驀然鋒利，抬起手迅速掐住我的脖子，一點都不憐香惜玉地拖到牆角。

無法呼吸，我艱難地伸手想掰開他的虎口，奈何我一個少女，力氣小得可憐，掙扎顯得那樣自不量力。變起突然，阿胤也不顧禮節了，仙劍立刻出鞘，指在南宮揚背後要害，冷聲道：「你做什麼？放開她。」

南宮揚嘴角一勾，空出的左手一個清亮的響指，阿胤臉色驟然蒼白，以劍拄地，險些跌坐到地上。

「不好意思啊。」制服了阿胤，南宮揚見我沒有任何威脅，終於鬆開了我的脖子，好整以暇地坐回原位，理了理有些凌亂的衣襟，森然道：「說吧，我不認識你們，你們是如何知道我與万俟靖淵之事的？」

看到他笑得依然輕浮卻難掩戒備的眼神，我突然明白為何他會有此一舉。

這裡是我造出的幻境，但我們終究是外來者。万俟靖淵身為漠族皇子，潛入洛巫城中，只有南宮揚與魏嬋媛知道。而万俟靖淵與魏嬋媛的舊事，更是只有南宮揚知道。而我們以陌生人的身分突然闖入他們三人之間，不引起猜疑，那是南宮揚心大。但顯然南宮揚沒那麼心大，他是万俟靖淵的好友，他潛入洛巫城之事被我們這些外人知道，是很危險的。

從憶境裡就知道他精通蠱術，我看他抬起手又要結出什麼奇奇怪怪的咒印，知道那不是鬧著玩的，他的蠱術，讓你生就生，要你死就死。連忙做出阻止的手勢，苦笑道：「若我說我是來自未來，你信嗎？」

南宮揚結的印伽頓了下來。

我打鐵趁熱，「我不只知道，是你籌謀讓万俟靖淵接近魏嬋媛，還知道万俟靖淵當年萬箭穿心而死，是你以蠱術維持他的生命至今。那一年黃沙滾滾，戰爭初歇，施術時只有你跟万俟靖淵在場，若我不是來自未來，我不會知道這些陳年舊事。」

南宮揚的聲音有些飄忽，「所以，我們的結局，你都知道？」

「你的結局我不知道，但是，万俟靖淵與魏嬋媛的結局，我知道。我是要改變他們的結局而來，而你是關鍵。我想，身為他的好友，我們的目的很一致。南宮揚，可以解開阿胤身上的蠱了嗎？他撐得很難受。」講了一大堆話有點喘不過氣，我忐忑地看著他。成敗在此一舉了。若連南宮揚這一關都過不去，別說去改變幻境的結局，我們的命都得一起搭進去。

南宮揚神色變換幾瞬，最終還是抬手解開了施在阿胤身上的壓力，語調沉沉，「姑且相信你們一次，若有異動，那得對不起二位了。」

我再次苦笑一聲。

這場合作討論得很快速，隔日我們三個便要付諸行動。

隔日，夜深人靜，魏嬋媛帶侍女在街上購完食材後正要回府。

月華無聲轉玉盤，魏嬋媛與扮成侍女的万俟靖淵一前一後靜靜前行，拖出長長影子。

樹影婆娑，微風帶得道旁的榕樹搖動，沙沙作響。除了此聲，其他再無聲息，溶溶夜色裡，掩藏了一個頎長身影逐漸朝兩個女子靠近。是刺客。

直到靠近只剩一步距離，万俟靖淵當先發覺，知道不對，立刻拔出了短劍，本能一橫。叮的一聲，跌跌撞撞向後退了五步。

刺客蒙著面，只露出一雙寒冷的眼睛，抽出長劍，迅如流星朝魏嬋媛刺到。

魏嬋媛遇到了危機，臉上依然平靜，她一直可以很鎮定，真不知她的鎮定是怎麼訓練出來的。她雖然沒有學過武功，但身為城主之女，多少學過一些六藝騎射，身手比一般深閨女子敏捷得多，向旁一側險險閃了過去。可是她雖然僥倖先閃過一擊，刺客卻不可能就這樣善罷甘休，劍勢如滔滔江水連綿不斷朝她刺到。

「你是誰？」魏嬋媛面對如此凶險的連環劍招還是無驚無懼，嬌弱的身子卻不及眉眼的氣勢，被一步一步逼到牆角，「我魏家從未得罪過人，閣下為何而來？」

刺客依然沒有回答。就在此時，刺客身後傳出一聲大喝，「休傷嬋媛！」身影很快橫到兩人之間，正是剛剛被逼退的万俟靖淵。

万俟靖淵手持短劍，每次對方的劍快要及到魏嬋媛的身子，都被万俟靖淵強悍地格開，然而刺客劍使得極快，已經在他身上劃出或深或淺的血痕，怵目驚心。如此纏鬥了約莫一刻鐘時分，万俟靖淵的傷處已不只在身上，胸口、手臂、腰眼、背心，無一不滲出血跡，衣裳被劃得破碎，剎那變成血人。可万俟靖淵依然悍不畏死，奮不顧身揮劍，拚盡全力也要將對方打退。

魏嬋媛如憶境裡一般陷入抉擇。

「嬋媛，快走啊！」万俟靖淵一面打一面喚她，「嬋媛！」

魏嬋媛還是沒動作，看見他身上的血痕，眸心似有動搖閃爍。

抓在裙襬的手不覺越來越緊，越來越緊……

我就躲在一側的草叢裏偷看著。沒錯，剛剛的刺客正是我弄出的，快要一天前，我花一個時辰把阿胤扮成了刺客。大抵是阿胤的武功與憶境裡的那個刺客不在一個等級，魏嬋媛沒有辦法用異能將刺客殺死，所以一時不知所措。

万俟靖淵還想再喚，一個疏神，長劍穿透他的身軀，從前胸穿出。他全身一僵，胸口不斷湧出血流，那一定很痛，他依然關切地想要開口，卻一個字都吐不出來。

刺客抽回長劍，沒有再戀戰，飛快隱入夜色。万俟靖淵身體陡然失力，閉眼整個人就要跌在地上。

魏嬋媛這才有反應，她全身不知為何顫抖劇烈，櫻口微張，箭步上前扶住他，失神不斷喃聲道：「你怎麼這麼傻啊，靖淵……你怎麼這麼傻啊……」

万俟靖淵意識已經模糊，首先擔心的不是自己的生命安危，心念關切的依然是眼前人，恍惚道：「別過來……會……弄髒……」話沒說完，撐不住眼皮沉重，緩緩閉上。

「啊呀！」這時又有一個人影從牆角轉了出來，是個眉清目秀的少年公子，正是南宮揚。他一見到万俟靖淵倒在魏嬋媛的身上，露出誇張的驚愕表情，幾個箭步奔上前，朝著昏迷的万俟靖淵大聲叫道：「你個楞頭小子！本來就已經很虛弱了，逞什麼能！當你的大夫我容易嗎！」

魏嬋媛怔怔轉向他，「你是……？」

南宮揚涼涼地看著她，但終歸是體諒她被万俟靖淵蒙在鼓裡，又露出了痞氣的笑，「我，香玉樓的樓主，他的大夫。把他交給我吧。」

魏嬋媛把万俟靖淵抱在懷裡，一遍遍顫聲道：「靖淵，你不准死。你還沒有得到我的答案，你不准死……你敢死我就和你沒完……」

南宮揚將一身是血的万俟靖淵祕密抬進香玉樓，緊急診治。

万俟靖淵的傷甚重，所幸並未傷到要害，緊急處理過傷口後，已無大礙，只需靜養幾天便可痊癒。

魏嬋媛偷偷潛出魏府，在南宮揚的允許之下找到万俟靖淵修養的地方。

天光透過窗櫺篩出細細圓點，她坐在床前，垂眸凝視万俟靖淵的睡顏。

經過如此大變之後，她不可能還心如止水。人總是要到失去才懂珍惜，她應該已經意識到他的溫柔不能隨便忽略與揮霍，她該要有決斷。

既然她知道了當初万俟靖淵求她給他一個居所只是靠近她的藉口，那麼她，不該再與他有所交集。他與她走的太近，今天害得他重傷，難保不會有第二次。可是為什麼，想到這裡，她的心會那麼痛？

万俟靖淵不曉得魏嬋媛就在身旁，沒有感受到對方的心亂如麻，睡得黑甜。身上纏了繃帶，白一塊紅一塊，明明痛得直皺眉，卻仍勉強自己笑起來，口中囈語，一遍遍輕輕喚著，「小圓圓，小圓圓……」

第二十章　端陽

一如預料，魏嬋媛身體劇烈一震，伸手便扒開万俟靖淵的衣服。

證實自己的猜想，床邊的少女立時淚如雨下。

一切發生皆如劇情預料，我滿意地點點頭。在寫好的劇本中，在他打傷万俟靖淵之後，再讓南宮揚在魏嬋媛心慌意亂之時再投下一記震撼彈，從而演變到眼前這一幕。手段雖然殘暴，但我們沒時間了，非常時期自然當行非常之法。

我小心避過香玉樓裡的僕從們，從窗外豪邁地爬了進來。

此刻魏嬋媛已如驚弓之鳥，聽到動靜，立刻橫身擋在万俟靖淵的身前，害怕再有人加害於他，「誰？」

我彎起眉眼，走上前來輕輕問她，「我有件事情告訴妳，關於妳和万俟靖淵的，想不想聽？」

魏嬋媛倒不是個膽小之人，一聽是關於他的，雖然有些懷疑，她還是寧可信其有不可信其無，點了點頭隨我開門出去。

我和她並肩而行，穿過假山流水，最終在一個小涼亭中停下。魏嬋媛對我擺出一個請的手

勢，我也不客氣，踏上階梯入亭。亭裡有石桌石椅，我和她各自選個位置坐下，她平靜聲音先傳過來，「可以說了，這裡不會有人。」

我很直接道：「万俟靖淵為什麼當初裝作不認得妳，我知道妳一定很疑惑。我給妳看一個東西，之後該如何選擇，就看妳自己了。」

我取出腰間畫筆，在半空中勾勒了幾下，一個畫面立時顯現。

「我沒有國！沒有家！本來以為嫁給你，我就可以海闊天空，可你帶來的是什麼？是災難！為什麼我要認識你！為什麼我會喜歡你！為什麼，為什麼啊……」

魏嬋媛睜大眼眸。畫面中一個嫁衣女子站在崖邊，崩潰的嗓音在耳邊繞迴，那張臉分明……就是她！

「嬋媛……如果我說，領兵要屠城的……不是我，妳信嗎？」

女子面容上的怨恨與矛盾太濃，男子沉痛蹙眉，心中所念只剩下她的信任。他已經絕望到不奢求與她一世白首，甚至她從此可能將恨他一輩子也無暇顧及，他只需要她的一句信任。

「來不及了。靖淵，我喜歡你。可是我沒有勇氣了。」

她止不住淚流，這是她在人世間的最後一句話，「靖淵，你走吧。不要找我。」

她就當著他的面，在自己的身體上點燃火種，向後仰倒。

眼看她要跌落懸崖之際，男子飛身上前，不顧烈火猖狂吞噬與掩蓋直接擁住了她，兩人一齊跌落。

剩下清晰的是他無怨無悔的神情。

「嬋媛，妳是我的妻啊。無論如何，我都不會放開妳。」

看到半空逼真的結局，魏嬋媛清麗的臉瞬間蒼白，顫聲道：「這是，未來的我？」

我坦然告訴她，「沒錯，未來的妳。我挾著先知而來，從万俟靖淵和妳初見之後，我已經改變妳和他的命運軌跡。但是若妳心念不轉，妳和他的結局，就是我給妳所看見的。」

魏嬋媛侷促地絞著手指，在陌生人面前談起她深藏已久的感情，可以理解此刻的她有多彆扭，道：「為什麼他不願意認我？」

「妳也看到了，那一年萬箭齊發刀光劍影，他的確不可能活下來。」

魏嬋媛睜圓了雙目。我繼續道：「沒錯，他是一個死人，以蠱術重生的死人。只要他心願一了，他會忘記一切，然後死去。我知道告訴妳真相很殘忍，但是妳捫心自問，妳可要再堅持自己的種族意識，生生錯過他嗎？」

魏嬋媛的心事被一語道破，再也無法保持平靜的表情，震驚地望著我。

我平視她的眼睛。一瞬間，她彷彿像一部分的我，曾經的那個小心翼翼，不敢展露真性情的自己，費盡心神地討好世界，卻不曾得到相應的回報。她寄託的感情，一直都錯了地方。真正對她好的人苦等她不得，不在意她的人，不管她如何努力，皆棄之如屣。而我在她面前，只能以外人之姿強迫她轉身。轉身發現万俟靖淵為她捨生忘死，發現他對她的永世守護。我想，以魏嬋媛的聰明，應該知道她該選擇什麼。

魏嬋媛垂眸避開我的目光，良久，忽然抬起頭來，眼神純粹而堅定，「不管我們還有多少時間。我都陪著他。到死都陪著他。」

***

万俟靖淵再醒來時，已經是七天後，第一眼就看見魏嬋媛。

顯然女子守在床邊已有多時，此刻倦極而眠，整個人趴在他的胸口，沉沉睡去。万俟靖淵唇角勾起，不敢吵醒她，凝視著她的睡顏很久。

不知道過多少時候，魏嬋媛醒了過來，抬起頭來剛好撞上他柔柔的目光，紅暈爬滿雙頰，更增麗色。

「嬋媛。」他的喚聲還是那樣情致纏綿。

魏嬋媛伸手撫他因失血過多而蒼白無比的頰，美眸水光浮動。她知道該選什麼，幸福從不等人，來了就該捉住。只見她用力擁住了他，啞聲道：「我知道是你。從今往後，我們再也不分開了。」

站在暗處的我如釋重負地笑了起來，悄悄退了出去。

在我找到阿胤時，他和南宮揚在房裡不知談著什麼。我不想驚動阿胤，站在門外幾步等他說完。

隱隱約約聽到南宮揚無法抑止一聲大笑，「你的眼神啊……」接下來言語模糊不清，我便沒有聽見了。

好不容易等到阿胤出來，看到我，耳根出現可疑的紅意。

見鬼了，他同南宮揚聊那麼久，該不會是真想同他斷袖吧。突然想起這件事，我沒來由地一陣驚恐，下意識瞥向阿胤。

「又怎麼了？」明顯感覺到我異樣眼光，阿胤淡淡攢起眉頭。

「在想你剛剛撞見我的時候耳朵幹麼紅……唉呀怎又紅了？」我不怕死伸手觸向他的耳根，燙得很嚇人，「你發燒了是不？」

「……無聊。」阿胤不動聲色站開幾步。

走在道上，我腳步輕快很多，入秋的天氣微涼，我張開雙臂感受秋風，心情極好。

「讓他們直接拋開俗世一切，如果哪天心血來潮回到此地，發現他們的親人都死於戰亂，確定好嗎？」阿胤疑惑地問我。

我依然笑著，閉眼感受流風，「那是歷史的必然行進啊。魏嬋媛那些所謂親人，對她那樣不好，死了亦是他們的命。或許那樣很不負責任，終究命運太過複雜，我一個一個拯救，得搞到猴年馬月啊。」

我們毫無留戀地出了洛巫城。在城外空曠之地，我才方便施術離開幻境，不然大街上突然冒出個大洞，我們瞬間消失，怎麼看都很嚇人。

遠離洛巫城之前，有人叫住了我們，是魏嬋媛的聲音。我疑惑回頭，看到万俟靖淵一張複雜難辨的臉，身體一僵。很好，還是被他發現了。

雖然他本就甘願被我畫魂，但讓他知道此處是幻境終歸不好。

此刻，他們的手緊緊交握，我知道，他們此生互相羈絆，白首也不會相離了。

願得一心人，白首不相離，世上一心人難得，他們就該執子之手，與子偕老。

万俟靖淵牽著魏嬋媛朝我們走近，眸中萬種情緒變化，到我眼前終於轉成清澈。他似有千言萬語想說，卻一句也沒說出來，薄唇開合，凝成清淺一句，「多謝妳。」

多謝妳，給我如此美好的結局，即使只是以筆造出的幻境。有一瞬和他神思重合，聽到他心裡如此說。

我們彼此心知肚明。我不會讓魏嬋媛知道她是一個幻影……我特地造給他的幻影。

欲語還休畫凝眸，烽火破城情勾勒。願他們在幻境裡能逍遙天涯，不再一波三折。

離開幻境，柳思果然在我旁邊候著。待我振筆畫下万俟靖淵的魂魄，他看著畫中相互凝睇的一對璧人，好奇地問我，「這次又是什麼故事？」

破城傾牆舊，兩人身後是被烽火摧毀的斷垣殘壁，這是他們的執念。如果沒有那個城破，他們的結局應該可以很好。

只是，這個如果雖然可以在幻境中實現，但現實中卻不可能。

聽到柳思問的問題，我向他扮了個鬼臉，道：「不想幫忙就別想知道，你不知道，剛剛那個可是流傳了兩百年的傳說哦。」

他們之間的情，可謂傾城之戀。情絲在赤血混濁中努力生長，難得保有純淨的一面，卻隨著破舊的城牆傾倒而滅，死在他們不敢前進的怯懦下。

柳思執起茶盞飲了一口，不冷不熱地道：「沒關係，我問九方兄就可以了。」

我緊張地看向阿胤，「你可不准講給柳思聽，聽到沒！」

「……」

＊＊＊

離開了洛巫城，我們向東直行。

行了一個月，天氣逐漸炎熱，即將接近端午。這世界雖然不屬於我所知道的朝代，卻有一些節日風俗和我的家鄉相同，就如這日漸接近的端午，也有划龍舟、掛艾草和包粽子的習俗。

至於划龍舟和包粽子究竟是在祭奠誰，我就不得而知了。

行進一個純樸的鄉間小鎮，先尋了客房落腳，尋了小二打聽，才知這小鎮盡頭有一座規模不小的大湖。街上異常的熱鬧，我隨便找了路人一問，才知道鎮上正要在大湖上賽龍舟，立時童心大起，拉了柳思和阿胤就要去湊熱鬧。

開玩笑，在現代爸媽怕我溺水，死都不讓我去水上活動，現在好不容易有機會，我當然不會放過。

趕到現場，排隊領了龍舟入水。我們三人各持兩槳，阿胤站在最前方，我居中，柳思站在最後。我沒有划船的經驗，看著陽光映在水面上一片金燦，心底有些緊張。

「妳從未划過船？」阿胤回頭看出我的心情，挑眉問道。

「呃。」我有些不好意思，我不知道原有的柳蘅到底划過龍舟沒有，如果回答錯了不就糟糕。我別開頭閃躲他目光，沒正面回答他的問題，反問道：「你划過嗎？」

「划過。」阿胤眼神閃過緬懷，將頭轉回前方，頓了會才補充道：「和我姐姐。」

我小心翼翼盯著他的背影，確定沒有影響到他的心情，笑了幾聲，道：「我沒有划過，等下教我吧？」

「嗯。」阿胤淡淡應下，轉回身來一一告訴我划船的技巧。

等待了好一陣，我們終於等到所有的龍舟都各就各位。裁判的吆喝雄壯而洪亮，在大風中仍然清晰，叫道：「開始！」

震耳欲聾鼓聲響起，響徹雲霄用以助威，眾參賽者一齊動作。我好不容易記下阿胤對我所說，倉促中隨本能划水，顯得十分笨拙，所幸阿胤和柳思划起水來都還不算太差，雖然沒有辦法遙遙領先，也算是領頭的幾船之一。

柳思的力氣蠻大，每一划都讓龍舟有更大的馬力前行，看我配合得甚是慌亂，湊上前來，戲謔道：「阿蘅，妳行不行啊！」

我差點提起我的槳兜頭往後打下去。

「手打直，阿蘅。」阿胤沒有回頭，聽聲音就直截了當地道出我的錯誤。我匆匆向後嗔了柳思一眼，照著阿胤說的糾正自己划船的姿勢。

經過我的慢慢熟練，我們三人所操控的船隻越划越快，最終超越了所有的船隻，在眾人驚奇的吶喊中，第一個到達對岸。

第一次划船還得了第一名，我難以抑制狂喜，在還沒靠岸前，忘情地跳了起來。豈知我蹦躂得太厲害，整個龍舟失了平衡，向旁劇烈一傾，阿胤和柳思倒沒受影響，我就拿捏不住了，噗通一聲掉到水裡。

斑駁雜亂的水光模糊我的眼睛，依稀聽到阿胤喊我一聲，我還來不及在水裡穩住身子，突然覺得不遠處傳來一陣水波，一道人影快速朝我游來，正是阿胤。他眉頭深鎖，大手一托已扶住我的腰，用力上振，我借力離水而出，大大吸了口氣，同時雙臂划水，終於穩住。

「你們倆沒事吧？」柳思沒有像阿胤反應那麼快，等回過神，我已經浮出水面，只能抓起船上備用的粗繩，跳上岸，一手一個將一端朝我和阿胤拋了過來，直接把我們拉到岸邊。

我渾身濕透，面對柳思無奈的目光，嘿嘿傻笑兩聲。阿胤飛快瞥了我一眼，驀然紅了耳根，拉起我的手腕，對柳思匆匆道了句，「柳兄，我和阿蘅先回客棧，讓阿蘅先換掉這身。」飛快朝無人的暗處奔去。

我百忙之中瞥了自己的衣服一眼，終於理解阿胤為什麼有此反應。雖然我沒露出什麼，但因為水浸的關係，身形顯了出來，縱然我覺得沒什麼，不過光是這樣就已經高度挑戰古代人禮教大防的極限。我慶幸我穿的不是白衣。不然現在恐怕不只是阿胤紅耳根那樣簡單，而是所過之處一片腫起的針眼了。

場面應該頗壯觀。我歪頭腦補了好一陣，突然想出一點不對，皺眉問道：「對了，你剛剛在大庭廣眾下拉我的手，不怕別人指指點點嗎？」

阿胤帶我轉進小巷，聞言停下回眸，煥彩流光的俊瞳滑過一抹暗流，「大伙不是已經當我們夫妻了？」

「啊？」我一時沒轉過來，原來這時代的婆婆媽媽們的自我解答能力已經強大到這種程度了嗎？

阿胤沒有再說話，只是靜靜看著我，像是在等待什麼。

「唉，真是可惜。」我惋惜搖搖頭，「鎮上那群姑娘恐怕心都要碎了，而且阿胤你攤上的還是個稱不上美貌的姑娘，我現在鐵定是公敵啊。」

「我又不喜歡她們，她們如何心碎，與我何干。」阿胤的眼神很是異樣，我有些發毛，下意識往後退，阿胤一步步逼近，不自覺已經退到牆角，阿胤的目光依舊沒有移開哪怕一瞬。

日影緩移，阿胤半張面容沒入黑暗，精緻的眼睫如扇，鍍上一層淺淺的夕光，一切時間彷如停止，萬物靜謐，我只聽到自己的心跳和他的心跳錯落紛雜卻互相共鳴，我不敢太用力呼吸。

過了良久，我稍微移了移，終於忍不住開口了，「阿胤，你是吃錯藥喔？你想演夫妻戲我不反對，但是這裡又沒半個人……」

砰的一聲，我身體一僵，阿胤兩手撐在牆面上，一張臉與我靠得極近極近。

我被嚇了一大跳，想要掙扎逃出去，卻被他的眸光震懾住，半晌動彈不得。阿胤他是在……做什麼？

吃錯藥了，鐵定是吃錯藥了……等會回去定要找大夫給他瞧瞧。

因為距離太近，我可以清晰觀察到他的眸子，本來是如古井裡的水般不起波瀾，現在卻多了我無法理解的情緒。他比我高一個頭，因為將我環住且要直視我的眼，鼻尖幾乎要與我的觸碰在一起，他溫熱的氣息在我頰上環繞，我無法控制地感覺到頰上漸升的溫度。

真是的，簪髮簪也臉紅，現在也臉紅，我到底臉紅個毛線……

「我說你到底有什麼事直說啊，一直看，我臉上有什麼嗎？」我越講越慌亂，他靠那麼近我腦袋一片空白，講話開始語無倫次，「你要碎多少的少女心啊，雖說這裡目前沒人，但可能還是有人經過，你這姿勢被人看到會出事呀！」

阿胤終於發話了，他深深望進我的眸，輕輕道：「傻瓜。怕什麼，我在啊。」

額上突然感到清淺的灼熱，等我回過神，他已經放開我，面無表情地向巷外走去。

神色平常到像是剛剛的事不曾發生。

我疑惑摸額，額上剎那感受到的柔軟彷彿還停留著不肯離開。

真是的，沒事不要亂壁咚人啊！

《浮瀾》

「我只有一個兒子。」他雙手揮舞筆劃，鐵鏈叮鈴作響，「孩子他娘生下他沒多久就去了。那時候的他呀，臉皺皺的，瘦小虛弱，兩個巴掌就能捧起來，稍微顛一顛就哇哇直哭。那時候事業才剛起步，一直賠錢，天天給地下錢莊追著打。」

第二十一章　月落

一路無語，等我們回到客棧後，各自換好衣服，才發現柳思已經在房內等著了。

「明明比我先急吼吼地跑開，卻比我還晚回來，你們倆半路出什麼事了？」柳思別有深意地覷了阿胤一眼，將龍舟賽獎品丟給我，我趕忙接住。低頭一看，是假玉雕成的小粽子再配以紅色盤長結，雖不是真玉，倒也玲瓏可愛。

欣喜了瞬，才聽到下一句立刻臉上發燒。

柳思發現我的異樣，大眼一瞠，「你們該不會真的半路去……」

阿胤還沒回答，我惱羞成怒，差點一掌朝他拍下去，「你想歪到哪裡去了啊！」

他敢真給我想歪我就同他沒完！

柳思一臉無辜，道：「是妳先歪了吧……」

我氣息一粗。

又是深夜，夏蟬之聲此起彼伏，我再一次失了眠。

失眠的原因我大抵明瞭，因為我每當閉上眼睛，阿胤把我禁錮在牆角的畫面便闖進腦袋，溫暖的觸覺還很明晰地烙在身上。尤其是額頭上突如起來的吻，雖然只是蜻蜓點水一觸，對我來說卻如雷擊一般電得我半身麻。

阿胤這呆頭鵝，到底知不知道他在做什麼啊！

不對，他是哪裡學來的這動作？

想到他的面癱臉，我不知道他到底在想什麼，不由得心中焦躁，翻來覆去，最終還是惱火地跳下床。以往失眠的前例不是沒有，但是在科技發達的現代，睡不著可以聽音樂，再不濟就吃安眠藥助眠。顯然穿越到這裡，這些招數無處施展。

算了，找點事情做。

穿了鞋襪走向門，卻突然聽到喀的一聲響。來自門把。這一聲甚有蹊蹺，我瞬間繃緊神經。

……不會又是鬼敲門吧。

本來想拉門把的手停滯在半空中，沒有勇氣轉開門把。直覺告訴我，造成門後那個響動，無論是人是鬼，都不會像當天的万俟靖淵般好相與。所以，我沒有像當日一樣心大，聽到聲音就應門。可是我在房中，無論做出什麼，屋外的不明人物都可以聽到，所以在對方開門以前，偷偷逃跑是不可能的。

阿胤就在隔壁。若我有事，他會保護我的。我深吸一口氣，默默給自己壯膽。僵局不能一直持續下去，以我的性格亦不是坐以待斃的人。做好心理建設，我躡手躡腳走前兩步，一鼓作氣拉開了門。

「……」

門外果然站著一個人。不，是鬼。撲面而來的陰氣刺激得我全身一抖。

對面是一個紅衣揹劍的男子，整張臉被面罩蓋住，只留眼睛與嘴唇。如此配備我見過無數次，只是在任務結束後逐漸淡忘，如今乍一見，一句話反射衝口而出。

「面膜忘撕的大俠，你找我有事？」

「……」

對面站著的男子，是在楚蝶衣幻境裡見過的師兄。幻境裡的他，死在斷煙門歲考裡的那場大爆炸；而現實裡的他，我不知道後續。楚蝶衣的時代距今約二十年，沒意外的話，師兄應該還是活人。而師兄以鬼魂之身來找我，顯而易見，他遭遇了意外。

可惜，我一直都不知道他的名字。因為他的面罩實在太像面膜，所以久別再見，即使我快要淡忘他，仍是衝口喊他面膜大俠。

「……妳就是收了小衣的那個畫魂師？」紅衣男子被我那一聲奇葩的綽號噎得沉默一陣，良久才出聲，聲音一貫嘶啞。

他說的小衣應該就是指的楚蝶衣，眼見他沒有要傷害我的意思，我笑了笑，「是啊。」

「畫呢？」嘶啞的聲音帶有急切的起伏。

「我給君陌宸留念了。」我戒備地倒退兩步，腳跟假裝無意噔了一下地板，「你想幹嘛？」

「讓我進去。」紅衣男子一把捉住我的手腕。

手腕觸處冰涼，一個鬼魂已經凝聚成實體，可見修為不低，他如果想要殺我，怕是分分鐘的事。只希望自己不要刺激到對方，一邊尋思脫身之策，一邊說：「畫不在我身上，要不我給你造個幻境吧？你對她有執念，我可以讓你如願。」

「不要。」他的回答斬釘截鐵。

不要？沒有什麼比執念實現的誘惑更誘人，雖是幻境，也好過在現實裡孤苦淒慘。他說：「我要個虛假的她做甚？我只想看她好好的。就一眼。只要她好好的，我什麼都願意做。」

到底是什麼感情，讓他隱忍卑微至此。我的心放軟下來，悄悄將他的手掙脫開，緩聲問道：「你叫什麼名字？」

明明是個簡單的問題，紅衣男子卻又沉默了一陣。我疑惑，難道又是一個連自己名字都忘記的失憶者？不對，看他生前意識挺清楚的啊。

我嚴肅道：「不告訴我你的名字，我就繼續叫你面膜大俠喔。」話剛落便看見對方太陽穴跳了一跳。

「我叫楚雲封。小衣……是我妹妹。」

哦，兄妹啊。得到他的名字與真實身分，我心裡竟有點失落。覺得面膜大俠這個稱呼挺適合他的。不過我很快就拋開了這點失落，悄悄後退兩步，輕聲道：「你知道楚蝶衣怎麼死的嗎。她的死固然是因為命運的不可違抗，可最初的始作俑者卻是你。」

可對面不是隨便聽我說教的主，只幾句又瀕臨暴走邊緣，顯得我說話前先退的那兩步極有先見之明，「我不相信。」

我歪頭思考了下當日在憶境裡見到的他的行為。從一開始出現故作冷漠地催楚蝶衣的進度，到他與顧酒儀合作，於那一夜提前下蠱刺殺，再到當天月光下與楚蝶衣短暫的鬥劍，他發現她的殺意，被我感知道的心痛。由此可見，他對楚蝶衣，做出了最大的愛護與保護。只是，他的愛，落在迷途。君陌宸是楚蝶衣一生嚮往自由的夢，縱使在楚雲封眼裡，是從一個牢籠到另一個牢籠，為此挑戰命運，一旦失敗，將不得善終。

可他又怎會知道，一個選擇究竟值不值，並不能由外界眼光去測度。當一個人走在別人鋪設好的道路上獲得安康，又如何體會人生的波瀾壯闊。楚蝶衣不知不覺困在這扭曲的親情裡，我亦如是。跌倒失敗其實並不可怕，可怕的是連自己的夢都被殺死。當夜楚雲封對君陌宸下蠱，死的卻是楚蝶衣的大半靈魂。試問，她如何不恨他。

「二十年了，你都還沒有了悟嗎？」對方應該無法接受我的勸說，所以我不多說廢話，「死心吧。我不會讓你進去。」

被親情綁架人生的悲劇我不會再讓楚蝶衣遇到，但凡我還有點職業道德，我便不會對楚雲封有任何通融。只見幾步之外的紅衣男子眸光寒意一閃，大手飛速朝我抓來。我知道他的目的，軟的不成，他要用強逼我就範。可我並不是全無防備，伸臂格擋。突然有一陣波動從我體內傳出，竟擾得對方身形一滯，我張口就叫：「阿……」

胤字還沒出口，楚雲封的手已變招往我咽喉抓到，指尖距離我的喉嚨不過一寸之距。咻的一聲破風聲響，我眼睛一霎，一道身影瞬間而來，拔劍出招一氣呵成，楚雲封大驚，縮手後躍。

及時趕來救場的正是阿胤。他戒備地舉劍指著對方，冷道：「楚雲封是嗎？不好好投胎，在人間意圖害人，不怕我誅了你？」

我抬頭看了看他的側臉。他臉上蒼白至極，比對面的還像鬼。估計是擔心我了吧。而楚雲封似乎也發現阿胤的異狀，怪笑一聲，「你的身……」話說到一半，像是觸到阿胤逆鱗，他一振劍翼，驚天雷響在遠方一炸，「以為我是說著玩？」

楚雲封看了看他，又看了看我。似是有話想說，卻化作一聲冷笑，身形淡化消失。

我聳聳肩，不知為何，竟有濃濃睡意撲面而來，打著哈欠道：「我睡了。阿胤你也早點休息。」

事後回想，柳思在茶樓裡告訴我有一個紅衣帶劍男子在我背後，其實不是唬我玩。

可是為什麼柳思要騙我呢？

我修為不高，楚雲封不想讓我看見他，我便看不見，而柳思不同。今夜有驚無險，動靜那麼大，引來了阿胤，柳思會沒有察覺嗎？

隔日一早，我藏不住話，把疑惑都抖出來說了。

柳思的回答很欠揍，「我是看得見他，可我怎麼知道他就是妳給我說過的，楚蝶衣他師兄？我還道妳背著我偷偷行兇，有冤魂要找妳報仇呢。」

我毫不吝嗇地又給了一記大力金剛腿。唬人玩要出人命了造不造？造不造！

氣得我好幾個月不想同他說話。

我與柳思賭氣，從盛夏直到入秋。

而打破我和柳思的冷戰，是又有人找我們了，一模一樣的開場白。

我第一個想法是，我還真是有名，每次哪處有事都第一時間找我是玩哪樣……

門一打開來，結果事實證明，這伙人其實來找柳思的。

待來人說明了來意，我大概理解了來龍去脈。聽說最近鬧出的事很大，是這樣的，赤波山下的熾胭城已經有二個家族慘遭滅門，裡頭的人都是一刀斬首，一時之間血染白牆，慘不忍睹。且更悚動的是，經過官府派來捕頭鑑定，全是一人所為。

這人到底多威猛啊……

我在感嘆的同時，另一個問題冒了出來。我朝來找我們的人問道：「既然熾胭城在赤波山下，赤波山上有仙門流夕，如此狂暴的傢伙怎麼不見流夕門人管管此事？」

那人無奈笑道：「流夕門的確想處理此事的，但經過一番打鬥後，兇手實在太過強悍，初步判定是被厲魂附體，可能要引天地劫雷直接誅除，但流夕一向慈悲為懷，不願行此逆天之事，只好找畫魂師來，把附體之魂畫下。」

阿胤突然問他，「叫你來找我們的，可是大弟子玉微涯？」

那人睜大眼睛，「正是，原來你們認識。他同在下說，你們一個高階畫魂師、一個低階畫魂師，還有一個修真者坐鎮，陣容最是堅固，所以找你們成事機率較大……」

哦，如此陣容堅強的我們竟然在畫魂的過程中數度九死一生，看來我委實是人才。我覷了柳思一眼。

我們隨著那人一起入了熾胭城，先見到傳說中的玉微涯。那時他一身白衣，腰繫絳帶，髮絲一半綁髻，以玉冠束住，一半長髮披落，在白衣上鋪成寫意的一道瀑布。五官精緻俊挺，臉頰皮膚如嬰兒般白皙細嫩，兩道濃黑的劍眉彎彎，眼眸暗中流轉著淡淡無拘慵懶，笑意燦爛，似是世間閒愁與他從來無關。

他顯然與阿胤熟識。倒也是，修真三宮與流夕一向同氣連枝，他們相識也不稀奇。

想到這裡，我腦中突然靈光一閃。楚蝶衣心心念念要保護的弟弟微兒，在楚蝶衣死後，沒有意外應該會被流夕門的門主玉因救起。所以玉微涯，會不會就是當年的微兒？

「妳猜的沒錯。」玉微涯毫不避諱地解答，「她認我為她的弟弟，一直以來都很保護著。」

玉微涯同柳思也很聊得來，雖然是初識，但兩人聊得倒熱絡，彷彿他們本是多年摯友。他們講起我們三人開始同行的種種，一說到我衝著阿胤喊孔方兄，便毫無避諱地大笑出聲，爽朗乾脆如山間清風。

很平和的一個人。

聽玉微涯說，城內被屠的家門已有兩起，分別是葉家和陸家，第三起他與眾弟子及時趕到，才阻止了一場血腥屠殺，然而，他現在已不知去向。

但我們心知肚明，他一定還在城內，因為有阻擾，他打算伺機而動。為了降低兇手的戒心，玉微涯讓眾師弟妹們回到門中，以減少修真者的氣息波動。也就是說，如果遇到那屠殺者，只剩阿胤和玉微涯有足夠戰鬥值禦敵。

聽起來有些恐怖。

玉微涯自然看出我的疑慮，卻不以為忤，大笑道：「柳姑娘，妳放心。妳不知我的實力也該知道阿胤的，我和他聯手再不濟也能全身而退。」

我虛應一聲。但願真能如此吧。

雖然他神出鬼沒，但我們知道，他一定還會再企圖屠殺。我們的計畫是，推測出下一個目標，然後直接躲在裡面守株待兔。

不過，我們得先推測出他的下一個目標是什麼。不然守錯地方豈不悲摧。

想到這裡，我問玉微涯道：「被滅門的兩家和差點被滅的第三家彼此有關聯嗎？」

玉微涯回答道：「有的，聽說他們一直是關係很好的世交，聽說好幾代以前的祖先還是結義兄弟。」

我皺了皺眉，「還有誰和那三家很好？」

玉微涯攤手道：「太久遠的事了，我只能追溯到三代，就這三家關係極好，沒再與其他人有往來。」

我摸摸下巴，故作高深道：「那應該便是四代以前的事了，四代以前，有什麼大事發生過嗎？」

玉微涯的臉色突然變得很凝重，「的確有件大事，妳可知繼孟家滅門後，其他樁離奇滅門案？」

看我臉色茫然，柳思及時把話接了過去，「孟家後便是曲家，再來就是韓家了。韓家那樁事情鬧大，也發生在京城內的。你想說的是這個？」

我覺得驚悚，喃喃自語道：「一天到晚滅門，究竟是怎麼著，人命不值錢嗎……」

阿胤神情漠然，直接回答我道：「的確，人命不值錢。」

我覺得無語，沒有及時關心阿胤突然沉重的心情，抬頭說道：「喂，你們覺得會不會是韓家人的怨魂來報仇索命的？」

玉微涯和柳思同時一頓，異口同聲，「的確有可能。」對望了眼，玉微涯慎重道：「看來我們得先解開韓家滅門祕辛了。」

我問：「被滅的兩家有倖存者沒有？」

玉微涯望向遠方，低道：「的確有，是個兩三歲大的孩子，但是在葉家滅門那夜被兇手帶走了。」

我皺眉，為何整個陸家被滅而葉家卻有個孩子被帶走，此事必有蹊蹺，又問：「有關於他的資料嗎？」

玉微涯沉默將一個畫卷遞給我，我輕輕展開，裡頭畫著個清秀稚童，看起來與尋常孩子差不多，唯一異樣的是臂上的黑紋。

「葉家現場有被師弟撞見，還來不及阻止他，那孩子就被帶走了。此畫是我師弟以對孩子的印象所繪下的。」玉微涯解釋。

兇手為了帶走那孩子連目擊證人都來不及解決，看來其中的隱情當真很深。現在唯一的線索，要從第三家差點被滅的家族來找。我想，如果他們還想活命，應該不敢隱藏太多。

我們得在最短的時間內找到他，否則，他一定會再次屠殺。

當晚，熾胭城緊閉城門，只准進不准出，為的就是防止兇手出城殺害別人。

思量好就應該速戰速決，我們隔日一早便找到那個被救下的家族——上官家。

當我們提出我們的問題時，上官家的家主面有難色，遲遲不願告知答案。在我一番軟硬兼施威逼利誘，他終於說出了實話。原來在一百多年前，上官家和葉家與陸家三家的祖先不但是結義兄弟，還是在當年的魏王君懷城底下做事。我猜，定然是當年魏王派這三兄弟去做了什麼，才會導致怨魂要如此憤怒追殺他們後人。而當年三兄弟幹的那樁事，是否和韓家滅門有關？

關於韓家，我為能了解狀況，有向柳思打探過一些。韓家是十分有名的採礦世家，滅於越秦曆兩百二十年，距今一百九十二年。奇怪的是，當時韓家並沒有如孟家那般觸怒朝廷，也沒有任何血光，全都在府內暴斃，這個離奇案子最終仍是查不到兇手是誰，變成一個懸案，草草了結。

其實，當日韓家不是全滅，還有一個遺孤留下來，只是他具體去向已無人知道。傳了數代，恐怕遺留的韓家垂血也已忘了自己真正姓氏。

當年他們，究竟對韓家做了什麼？

所幸他們沒有結拜其他兄弟，不然範圍一大，我們碰到兇手的機率就會大量降低。總不成我們還能分開來等，如果打不過那人豈不糟糕。

思量一定，玉微涯決定，今夜我們就守在這裡。只要隱下他和阿胤的修真氣息，兇手定然還會過來。

月落烏啼霜滿天，我們四人守在門後，心弦綳緊，死死盯著門口。玉微涯和阿胤神色凝重，各自擺好仙訣的起手式，只待門口有異動，他們的道法便會全力發動。

過了半晌，地面隱隱傳來震動，砰砰沉重悶響，似有什麼巨形動物正往門口靠近，靠得越近震動越大。我有預感就是那個兇手，除此之外應該沒別人了。想到這裡，我胸口直跳，只覺心快從喉嚨冒出來。

第二十二章　借刀

悶響逐漸移近，突然停頓了下來，我的呼吸在剎那差點窒息，有片刻的寧靜。正當我起了我們已經平安的錯覺，驀然聽得蓬聲巨響，朱門瞬然四分五裂，很快又碎成齏粉，木屑紛飛。當煙塵散盡，門口站著的是如山的高大身形，雙手各拿著一個板斧，雙目全黑完全看不到瞳仁，那是被怨魂附身之相。

朱門被震碎的同時，玉微涯和阿胤手中的仙訣同時發出，背上長劍鏘聲自動離鞘，一紅一藍靈光乍起，交錯呈十字橫在高大壯漢的頸前。壯漢面對利刃逼近，卻彷彿不怕死也不怕傷，逕自走進，就在利刃即將斷喉之際，虎吼一聲揮動板斧，仰身向上一擊，錚的一聲兩柄長劍直飛上天，而後被兩人掐訣收回。

柳思知道不對，看他的樣子，所累積的執念恐怕幾近兩百年，執念造成了被附體者力大過人，尋常人很難抵擋。他難得露出嚴肅的神色，叫道：「阿蘅，他很危險，妳站後面一點！」

不用他說，我已經下意識大退數步。阿胤與玉微涯配合無間，強烈光線劃開晦暗，照得我們的眼睛也明暗不定。板斧和雙劍交擊，震耳欲聾，碰出的火光晃花我的雙眼，我忍不住揉了揉眉心。只見阿胤和玉微涯一擊一後退，斧與劍的相撞越來越密集，最後匯聚成一線長吟。戰意緊張

如一條被拉緊的弦，當瑩潤的絲線被擰成蒼白的顏色，便將是崩斷之時。如果連他們都撐不住，我們四個都會在今天沒命。

打鬥聲還在繼續，的確有支撐不住之象。我的力量最弱，連自保的能力都沒有，但看到他們戰得如此辛苦，我想我應該做些什麼。思慮在我腦中快速流轉，我得在生死瞬間想出應對。

既然柳思說韓家有血脈留下，那麼葉家被帶走的孩子是否和這件事有關係？

不知道哪來的勇氣，即使不確定，我也只能賭一把了。我突然踏前一步，深吸一口氣，用盡平生力氣，大聲喊道：「大叔，你是韓家人嗎！如果是，我知道你的兒孫還在世間！你願不願意，讓我們幫你找出當年真相？」

我的聲音穿透重重兵刃之聲，直直穿進了執念源起的靈魂。壯漢雙眸間的濃黑消散些許，我終於看見他的瞳孔。生死賭注就在這裡了。就看他還在不在意他的後人。

聽到我那一聲大喊，我看見他瞳仁中流轉的遲疑，揮舞的雙斧不再那麼兇狠。阿胤和玉微涯找到空隙，雙掌相抵，合力造出一道結界把他困住。

柳思見事有了轉機，道：「阿蘅，這次我們一起入幻。」我理解地點點頭。

我們二人同時施術，終於在壯漢身上找到憶境入口，我拉住阿胤，他拉住玉微涯，四人同時捲了進去。

完全不同於之前所見的白光或者是光怪陸離，我們初時看見的時伸手不見五指的漆黑。過了良久，無邊黑暗驀然爆出亮光，景色彈指便鋪滿整個視野，我們四人都狠狠摔在地上。

拍拍塵土起身，玉微涯忽然朝阿胤投去意味深長的一眼，我不明其意，阿胤卻很快避開了目光。我看見他們之間的互動，雖然覺得奇怪，但沒有放在心上，轉首直接問柳思道：「柳思，這裡是哪一個時空，你看得出來嗎？」

我們所站的依然是一個街道，依稀是當年我造染荷幻境時的仙鏞城，但顯然現在所見的，和那時所見的間隔了不短的物換星移，我看不出其中可能相差了多久。

柳思靜靜走到街旁，在喧嚷的叫賣中隨意拈起攤上一個飾物，端詳了一陣，終於答道：「這是越秦曆兩百一十八年左右。」

我瞠目，目前附近沒有榜單之類，他只憑飾物就知道我們身處的年份，果然高手。

所以說，憶境開頭是韓家滅門的前兩年。

足夠讓我們理解韓家滅門的前因後果了。

我們隨意問了路人，問到韓府的去法，便尋找而去。走過道路巷陌，我們尋到了韓府。不是太大府邸，在深叢嬌花中，此處少了富貴的華美，勝在一種內斂清幽。

阿胤和玉微涯對望一眼，趁著無人注意，各自帶了我和柳思直接翻入牆。接下來，我們將要看到的，是掩藏了近兩百年的祕辛。

韓家雖然因為挖礦而致富，但裡頭庭園布局竟沒半點豪富的窮極豪奢，十分難得。

我們穿過重重迴廊，正想尋找當日怨魂的本尊，然而卻聽到一聲少年的朗誦聲，心中好奇，循聲找去。

玉微涯施了隱身術，處理妥當的我們輕手輕腳地從半掩的門扉溜進書房。小心翼翼縮在一扇木質鏤花屏風後，不致於碰倒裡面擺放的珍玩擺物，我才放心環目四顧。

大體看來與我過去參觀過的古書房沒什麼不同，擺設簡約大方，書櫃擺於兩側，櫃裡一部分是竹簡，一部分是紙冊，兩者都被翻得陳舊，卻一塵不染，顯然時時刻刻都有人勤奮地翻閱。然而書櫃並不是只放置書籍，書櫃兩側分隔出高低錯落的小格，一層一層，擺滿古玩。書櫃之間有兩扇軒窗，窗裡擺放了幾株盆栽，盆裡種滿了芸草，清香撲鼻而來，估計是藏書辟蠹之用。

書房中心擺了一方長桌，一個琴案。琴案上有一張七弦瑤琴，而長桌上擺了傳統的文房四寶，一個筆筒，一盞燈，一座香爐。筆筒呈藍白之色，筒身繪了山水，山水中有一個小小的童子，酣然而睡，憨態可掬。燈火靜燃，照亮一方。香爐裡點著香，裊裊輕煙飄散。爐身呈蓮花之形，甚為精巧，燃香之時，偶爾落下幾點香灰於蓮心。目光從書案移開，長桌後掛了一幅授經圖，圖上寫了兩行字：「天行健，君子以自強不息；地勢坤，君子以厚德載物。」而長桌前，正跪著一個少年，執筆磨墨，振筆疾書。宣紙轉瞬填滿墨跡，而旁邊擺了一本孟子，卻未曾瞧上一眼。

我一奇，他放了孟子在桌上，卻瞧也不瞧，那究竟是放來幹什麼的呢？

如此過了有半個時辰，突然聽得有一沉穩腳步從書房外快速移近。少年耳朵一動，將紙上未乾的墨跡吹了吹，快手將宣紙捲起，藏於長桌之下。收完宣紙後，他這才拿起擱置一旁的孟子，做出埋頭苦讀的模樣。

可他表現的苦讀模樣究竟有幾分真假，從他一系列的躲藏動作，便可猜知一二。

腳步聲的主人帶著一陣狂風颳進了書房。是一個中年男人，下頷留了三寸長的鬍髯，一張國字臉，鬢髮點點斑白，橫眉豎目，帶有些許煞氣，若不是一身風雅的文士打扮，給他一把鬼頭刀上刑場充當劊子手，毫無違和。然而凶神惡煞的面容，眼眸卻閃爍精光，看起來是個有資歷的商人。

我認出那雙瞳，心中暗暗一懍。在入憶境前，我喊出那句話後，壯漢眼眸剎那混濁消散，眼神與我現在所見如出一徹，此人正是怨魂本尊。

只見他雙眉一豎，大步流星走至長桌前，大手瞬間探到長桌下，抽出少年先前藏的宣紙。展開一目十行快速掃過，火氣蹭蹭竄上來，「韓安歌，你不好好讀書考科舉，又寫什麼破文章！」

韓安歌的隱藏伎倆突然被拆穿，且看起來這情況不是第一次了，惱怒叫道：「爹！」

原來少年名喚韓安歌。《楚辭．東皇太一》有言：「揚枹兮拊鼓，疏緩節兮安歌。」沒想到韓安歌他父親長的一張屠夫臉，卻給他兒子取了這般雅致的名。從書房擺設來看，韓父對韓安歌的期望很高。他的期望很好理解。他想讓他的兒子未來在官場上有一席之地。他希望他琴棋書畫樣樣精通，成為人人景仰的風雅大家。可顯然，少年並不完全符合他的期望。

那張宣紙，寫的不是正經的科考文，而是他自己編的故事本子。我摸摸下巴，這傢伙跟早年時的我有些像啊。十幾歲時，都是愛幻想的年紀。

韓安歌怯怯道：「爹。把紙還給我吧？」

「還給你？」韓父冷笑一聲，「還你再讓你繼續不好好讀書淨瞎寫嗎？」

我暗道不好，韓父行事極是雷厲風行，攤開宣紙便用力撕扯。嘩啦一聲，少年一個時辰的心血化作片片墨白相間的雪花，散落於地。韓父瞪了韓安歌一眼，重重哼了一聲，甩袖離去。

少年失魂落魄跪在殘破的紙堆裡，雖然素不相識，卻看得我心一疼。我在他這個年紀的時候，也提筆寫過一些故事。故事寫在紙上，被我藏的很好，沒有像他被找出來撕掉。不過以我爸媽的個性，如果發現了我的手稿，怕是也會遭遇同一種結局。是以我看到少年心血被毀的表情，心都替他疼得慌。

又是一個被現實撕碎的夢想。

接下來，我們站在書房中，時光流轉卻飛快，無數次物換星移，春秋寒暑。少年的身影來來去去，書卷紙書翻得飛快，行到最後，我發現他的眼神毫無神采，像一個機器人重複同樣的動作，日復一日年復一年。看著他，我心中某一部分名叫抑鬱的弦被狠狠撥動。曾經的我，放棄了嚮往，在爸媽期望的，所謂的康莊大道上前行。我沒有一天不茫然，卻不忍心看到爸媽失望的眼淚，害怕失去他們的關愛。最後我只能一遍遍告訴自己，一切都會好起來的。等我完成學業，等我有一份讓爸媽滿意的工作，我再提筆追逐夢想也不遲。可當思想被繁重的課業逐漸僵化，等我再提起筆，卻發現我無法再寫下一字半句。有些東西，錯過便是錯過了。就如那個少年，也如我。

轉眼之間，韓安歌依照父親的期望參加了科舉，韓安歌本就聰明，文采極好，很快便得到皇帝的賞識，封為廷衛，為三公九卿之一，官位差不多就如現代的刑事大法官。當聽到皇帝任命的聖旨，我的眉頭皺了一皺。第六感告訴我，韓安歌若是上任，便將一腳踏進鬥爭的漩渦。

這個官職，看起來不高，卻關係到廣大人群的利益。他一個小小的商人之子，雖然富可敵國，卻沒有什麼政治後盾。若韓安歌不是一個通曉人情世故的主，在官途上遲早要仆街。

而韓父卻不會預料到這些。他只知道，他的兒子官居要職，圓了他想從官的心願。而韓安歌但凡有任職的困難，他從未想過要扶持與指點。

導致悲劇的導火線，是一個枯骨案。

彼時韓安歌在大理寺裡徹夜翻動舊案研究，他的家僕來傳，「少爺，老爺託小的問您，在淇殤谷礦場中，被挖出大量年輕男子的屍骨。咱們該不該將此事上報？」

我向阿胤一眼示意，我們一齊往聲音的來源而去，找個暗處蹲下。

只聽沉穩嗓音沉吟了會，「年輕男子？有多少人知道？」

只見家僕低頭說道：「就你我、和挖礦的知道。」

屋裡傳出了韓安歌因為深入思考而叩響桌子的清音，半晌令道：「儘快上報，我怕其中有什麼妖蛾子。」

當家僕離開時，不知道是不是我的錯覺，家僕的臉上竟然掠過一絲壞笑。

這場對話只有淺淺幾語，平淡如家常的對話，除了家僕奇怪的壞笑，我看不出任何端倪。然而，既然入憶境後我看到這東西，那這和滅門絕對有關係。難道，韓家無意知道了什麼不該知道的祕密，所以招致滅門？

對話方畢，阿胤似乎是聽到了什麼，忽然朝暗處掠去。我們四個人彼此之間心有靈犀，話沒有問上半句便跟了上去。

走了幾步才發現，原來阿胤跟著的是一個黑衣人。可能剛剛此人潛入了韓府，偷聽到韓氏父子的對話，把事情告訴了他的主子？好死不死那事同那主子很有關係，所以他怕事跡敗露，無聲無息把韓家給做了？

我且看看，那主子是何方神聖吧。

穿過樹影花叢，黑衣人的速度快如疾風，四人之中惟有我在黑衣人身後極遠處氣喘吁吁。柳思百忙之中回頭望一眼我，想伸手拉住我，我的手卻被阿胤一手先捉在手中。突來熟悉溫涼讓我一愣，抬頭只看見他向後飄揚的髮絲。

有了阿胤帶我，我只覺得雙腳彷彿不是我的，一路騰行如飛。我們跟蹤黑衣人直到出了城，他乘馬絕塵朝西南而去。我們不可能徒步追趕馬匹，於是阿胤和玉微涯各乘一劍，阿胤載我，玉微涯載柳思，一直飛到了燕洲玄燁城。

入夜時分，我們不動聲色跟他入了城，眼看著他熟門熟路地穿過巷陌，最終竄進了魏王府。果然如此。

如果沒記錯的話，還沒遇到附體怨魂之前上官家主才說過，他們的祖先正在魏王君懷城底下做事。當年十二王之亂，他雖然不是勢力最大的，卻在燕王身後扮演了幕後黑手，是個心狠手辣的角色。

但，在我們跟蹤他到他找到君懷城時，接下來的對話反而大出我的預料。

「主上，無名枯骨已經被韓家的人挖出來了，要如何走下一步？」

用老方法刺破窗紙，我瞇眼看過去。細縫裡一個華衣少年背光而立，側身俯首望著地上跪著的人，月光映上他的半邊臉頰，五官稚氣猶深，大約只十六歲的模樣，唇角卻勾起完全不符合年齡的狠毒微笑，彷彿他前一刻能對人語笑晏晏，下一刻便會把人推到深淵。長髮以髮帶綁起，沒有蓄留額髮，露出寬廣整潔的額，不淺不淡的雙眉豎起，眼裡全是目空一切的笑容，我想，不會有任何人是被他放在心上的吧。

只聽君懷城冷笑道：「咱們就別動作，讓他們報吧，報得越快越好。我想看看，到時傳到父皇耳裡，楚王還有什麼話說。」

一段話把我的推測全部推翻。原來枯骨案同他一點關係都沒，那他放任韓家把事情上報是什麼用意？難道，是嫁禍？

瞬間複雜的局勢讓我的頭大了起來。

我附耳向柳思私語，「快兩百年前的楚王是怎麼樣的？和君陌宸的那個楚王有什麼直系血親關係嗎？」

柳思似笑非笑覷我一眼，屈指忽地在我額上一敲，我委屈地摀住發疼的額，嗔了他一眼。他低聲笑道：「前些陣子才告訴過妳，又健忘。君陌宸是宣帝四世孫，而快兩百年前的楚王是宣帝同父異母的哥哥，叫君懷陌。後來十二王之亂，昭帝平亂鎮壓，十二王中十一王獲罪伏誅，只有這個楚王長年軟禁鬱鬱而死……」

我突然發現了一個問題，挑眉道：「宣帝不是楚王，十二王全死絕了，後來的宣帝怎蹦出來的？」

柳思攤手道：「不知道，就不小心跑到外頭的第十三個囉。」

我無語一陣，「行，回歸正題。楚王到底為什麼那麼惹人怨，人人要攻擊他啊？」

柳思道：「皇爭就是這樣啊，即使是親兄弟，還是為這爭得頭破血流，以為做掉別人就可以當老大。」

我覺得我現在不宜和他溝通，正想回頭看君懷城同他養下的探子都密議了什麼，腳下突然一空。

我以為這是君懷城的陷阱，低頭一看，我們四人所蹲的地方各開一個深不見底的黑洞，一般人不可能把陷阱做得那麼精細。這應是幻境使然。

阿胤反應最快，一手扶住窗沿借力，飛身往我這裡跳了過來，想抓住我的手。我險些大喊出聲，四周的景物如同水起漣漪而揉碎，我腦中暈眩，他已經把我攬住，以更快的速度下墜。

半空無所憑依墜下，看不見任何東西，唯一的感覺只剩阿胤掌心微糙的觸感，讓我知道，我現在還活著，面對的不是完全的黑暗。我說不出話來，無止盡的恐懼在感覺到阿胤傳來的溫度後終於寧定。

不知道過多少時間，終於踩到實地，落地前，阿胤施訣讓我們暫時上拋卸力，到達地面才不會摔到。

我終於知道剛剛阿胤不顧一切跳來我這裡的原因，難言的情緒泛上我的心口，即使現在依然什麼也看不見，我還是往有他呼吸的方向看去。

阿胤像是感應到我的情緒，握住我的那只手緊了緊，「不用害怕，我在這裡。」

第二十三章　隱禍

光線陡然放大，隱約照出玉微涯和柳思的身影，我沒有答他，向兩人的身影走去。

我們的手還是緊緊握在一起，我下意識捉緊，不肯放開。

待得我們走到柳思和玉微涯面前，玉微涯神色玩味地盯著我和阿胤扣在一起的手。我耳根一熱，慌忙放開。柳思摸摸下巴，「終於知道阿胤突然那樣做是為什麼了，只是他為什麼是撲她不是撲我呢？」

噗。

還好剛剛我沒喝水，不然在我正前方的玉微涯得糟殃了。我不可置信，抖著手指，指向他結結巴巴，誇張地顫道：「你說什麼，撲、撲你？」

柳思板著臉，「想歪的人自個面壁去。」行，是我思想邪惡……我乖乖面壁去了。

玉微涯淡道：「思，你還同柳姑娘計較什麼，她是女的，你是男的，是個正常男人都去撲女的好嗎。」

我差點沒站穩。

笑鬧完了之後，我們終於發現自己是身在淇殤谷中，無數年輕男子被埋骨的地方。

淇殤谷其實有傳說，但是這個傳說有些淫亂。此處曾入住一個人，在此創立教派，是霸極一方的教主。這個人雅好孌童，曾有一段時間，十幾到二十歲不等的少年青年們時常無故失蹤，都被送來了這裡，被教主一番淫辱之後，被凌虐而死，屍骨被堆積在淇殤谷中，怨氣滌蕩了山林。後來無數英雄豪傑得知了此事，義憤填膺，集齊江湖數大門派攻進淇殤谷，一舉誅滅谷內教眾，而教主從此不知去向。

這傳說距離韓家存在的時代不算遠，那個教派被誅滅到這裡只有十年吧。只是不曉得為什麼君懷城會突然拿枯骨做文章，矛頭還是指向楚王的？

玉微涯看見腳邊微微裸露出來的白骨，徒手將塵土撥開，臉色突然一變，道：「這個骨頭，是最近三年以內埋下去的。」

得到線索，一個想法闖進我腦中，我驚呼出聲，「難道說，那教主沒有死，現在重操舊業了？」

柳思忍不住大笑出聲道：「重操舊業，阿蘅妳的詞……」

阿胤推測道：「可能是兇手沒死，也可能是其他人也有同樣的習性，而那人投奔了楚王。想是他對楚王相當重要，所以楚王包庇了他。」

我接著推測，「然後楚王庇護得不太好，被魏王發現，然後魏王為保持雙手乾淨，所以借韓家的手挖到那批枯骨，借他們來打擊楚王？」

柳思讚許點頭，道：「阿蘅，妳的推理能力變強了啊。」

我突然覺得非常憤怒，「我本來就很有推理能力啊！」

玉微涯無視我們在一旁的吵嘴，苦惱道：「所以是魏王滅的韓家，還是楚王？」

他才說完這句話，四周的景物又有崩毀之象，隨著華彩融碎，還伴隨著無止盡的大地震，我快要站不住腳。韓家已故家主的性格真是善變。我已經司空見慣，阿胤走了過來，按住我的肩穩住我的平衡。

「京裡風雲變換，你一個小小的商人之子，竊居高位還妄念自己能逆轉乾坤？」

「原來你……早就設計好的……」

「什麼朝堂，什麼黨派鬥爭，你們這些讀書人，每天勾心鬥角，一個個心腸歹毒，總有一天，你們會不得好死……」

「歹毒又如何？我只知道，擋了我的路的人，都得死。」

「我如何知道，當初我強逼安歌讀好書，卻把整個家族推至危險境地。我恨……恨啊……」

無數畫面化成流光一瞬，這時我終於感受到怨魂的意識，他告訴我，他叫韓儒謙，是韓家這一代家主。他恨這個世界，這個世界讓他孑然一身，成為抱著仇恨遊蕩天地的孤魂。所有害過他們家的人，他會滅盡他們的生機，連後代也不要留下。浮光掠影似燭光在彈指間錯落，最終我們又回到了韓府。

只見一片幾欲窒息的死寂，沒有家僕走動的喧嚷熱鬧，靜如深潭死水，連蟲鳴鳥叫都已絕了蹤跡，此處已成空城。我心裡惴惴，如履薄冰地向內穿梭，直到踩踏到一個綿軟之物，涼意從腰間瞬然透到骨髓，忍不住驚叫一聲。

剛剛踩到的，赫然是一具屍體。死者輕閉雙眼面容安詳，恐怕在死去前也不知道自己被人下了毒手，這樣表情才讓人發怵。

我可以和鬼魂神色自若地聊天，卻看不得屍體。這是我無法跨過的心裡障礙。

「阿蘅！」阿胤一直在我身旁，在聽見我驚叫，喚了我一句。我心臟狂跳，攥住他的肩頭，唇色發白，半句話也說不出來。

就在這時，玉微涯突然道：「有哭聲。」

哭聲？倖存者嗎？

隱隱約約的確聽到孩童的泣音，我提著裙子快速向來源奔去。

砰地冒失打開門，角落一個三歲左右的男童縮在角落，旁邊一個床鋪，床旁有几，几上擺著一個花瓶，瓶子上所插的是三枝豔紅的薔薇，紅如床上中年男子唇邊滲出的血跡。中年男子躺在床上奄奄一息，瞥眼看見我，一縷異光在眸心裡閃過。

是韓儒謙。

那縷異光才激起又幻滅，韓儒謙還是閉上了眼睛，氣息斷絕。

不曉得是什麼東西震了一下桌子，花瓶傾倒墜地，瓊碎玉裂，地上漫起水澤，幾點碎去薔薇浮於其上。蔓延的浮瀾如日後怨魂之心，其心不息，則延災不止。

而這個，究竟是誰的錯呢？此題之複雜難解，我也不知解答。

在他斷氣的同時，陰風乍起，窗口被霍地打開，一個人影闖了進來，直接挾起哭泣不止的男孩。

那人蒙著面，望了我一眼，手一揚，想是他想殺人滅口，無數亮光在他指縫綻開，銀針以劃破空氣與速度的風嘯朝我捲來。

我以為我就要這樣被他擊中，下意識閉上眼睛，鏘聲連響，我一驚睜眼，只見銀針盡數釘入牆面，原來是被及時趕來的阿胤和玉微涯揮劍打飛。

阿胤面容冷肅，絕然揮劍，靈光凌空劃開黑衣人的面罩，黑布脫落，露出一張清俊而略染風塵的容顏，和之前見過，上官家主樣貌有三分相似。

真相確認，此人正是上官家祖先，所以韓儒謙化為厲魂，積蓄兩百年的力量後，第一個找他和他結義兄弟的後人報仇。

怎麼看，他們的後人都何其無辜。罪孽源於祖先，為什麼不是祖先自己償還，還要禍及子孫？韓儒謙怨恨世人的出發點沒有錯，的確是世道對不起他，但冤有頭債有主，凡事總有因果輪迴，他欲強行以一己之力逆天執行因果，是不是太過了？

那人已經離開，哭聲漸行漸遠。真相已經大白，我回身望向阿胤，打算趁時機走出憶境，卻聽一陣嘈雜震天而起，飛快地朝我們此處而來。

防衛機制？腦中轟的一響，聲音給了我最不想知道的答案。

真是一個脾氣暴躁的魂魄啊。

阿胤身為畫魂師的守護者，自然也知道剛剛的聲響意味什麼，臉上頓然變色，二話不說擋在我面前，執劍蓄勢待發。

我一眨眼，剎那間我們不是站在屋中，而是一望無際的荒原。四周光點飄忽明滅，有些像螢火蟲，我卻知道它不會像表面看起來如此浪漫。被那東西攻擊到真會死人的。螢點以不快不慢的速度飄來，阿胤和玉微涯站在外圍，把我和柳思護在裡面，待得光芒迫近，兩人雙劍連連舞動，明明砍中的不是實體，卻劍劍有鏗鏘之聲。

兩人連連舞劍，自他們為中心向外擴張成一圈圈劍華，光點在我眼前大量消滅，我在恍惚間卻看見阿胤眉眼間隱隱的疲態。

我很擔心他。可我除了擔心，也沒有什麼能力可以幫忙。

好不容易消滅光點，很慶幸的是目前沒有再來什麼怪物。玉微涯凝重道：「事不宜遲，我們快走！」

大地忽然颳起亂風，耳邊全是風嘯，我拂開被吹到眼前的髮，大聲喊道：「我感應不到出口！柳思，你有感應到嗎！」

柳思也大聲喊回來，「我也沒感覺到！」

壞了，他把憶境出口給封住了嗎？

玉微涯也知道不妙，大吼道：「反正先離開這裡再說！」

在他喊出這句後，天氣更加惡劣，非但有亂風崩雲，竟然還落了雨雪。雨和雪夾雜在一起，氣溫陡然寒冷，我打個哆嗦，阿胤二話不說，把我帶上了仙劍，雙臂從後環住我，將我護在懷內，掐訣破風，和玉微涯同時前行。

速度太快，雨和雪墜地的聲響雖大，在我耳裡卻微不足道，掠過耳旁的只剩阿胤毫無規律的呼吸。

他到底怎麼了？我想問，但在混亂中我怎麼也開不了口。

「你們這些世人都得死！既然天下容不得我韓家，我韓儒謙便覆了這天下！」

無邊的紛亂逃亡，我耳邊陡然竄進了一道混濁的嗓音。是他的怨，在無法滅盡仇人的仇恨不甘中，他把他的氣全灑在我們頭上。一念及此，我頓然氣上心頭，此人怎麼不講理成這樣，忍不住揚聲斥道：「世人何辜！天地因果自有輪迴，你憑什麼左右無辜之人的生死！世人自然也有妻兒老小，你不分青紅皂白殺了他們，毀壞無數家庭，你和滅你家門之人有何不同！」

韓儒謙沒有回答，地面驀然燒起了滔天大火，熱氣融化微雪，立時在大雨中更添一陣傾盆，落在烈焰上不但沒有將之澆熄，反而燒得更旺，雨水全被火蒸乾，霧氣瀰漫，濃得我看不清眼前，讓我心中微微一慌。我平常天不怕地不怕，最怕的卻是屍體與目不視物，我怕我無所依靠，顫聲叫道：「阿胤！」

「阿蘅，我在這裡。」環住我的那雙手又收緊了些，更多溫暖穿透全濕的衣裳傳進身體，阿胤的聲音雖微弱，我卻莫名的感到安心。

真好，他還在。有他在，一切問題都不是問題，他會永遠保護我的，對吧？

我的心好不容易定下來，異變再次而起。突然間只覺得腳下不穩，正前行的劍身向旁一歪，環住我的雙臂撐不住鬆開，我和阿胤同時失重落下。

「阿胤！」無垠的黑暗把我籠罩，我不知道喚他喚了幾遍，雙手慌亂前抓，好不容易攥到他的臂膀，連忙緊緊抱住，理所當然下落得更快。奇怪的是，我感受不到他的呼吸與心跳，不由得越來越心慌，大叫道：「你聽得到我說話嗎？回答我！阿胤你快醒過來啊！」

話才剛落，我們一齊落入了水中，水潮很快淹沒了我的口鼻。幸好我在現代游泳的技術不差，當下閉了氣，一手抱著阿胤，一手不斷划水。我們在水面上載浮載沉，游了不知多少時候，終於碰到岸邊。

我耗盡最後一絲的氣力把自己和阿胤拖上來，直接攤倒。

等到攢出一絲氣力，我擔心阿胤的狀況，連忙爬到還沒起身的他身邊，伸手扶他起來，關切叫道：「阿胤，你還好嗎？」

阿胤還睜著眼，定定地看著我，顯然意識還是清楚的，剛剛可能是外頭聲音太大，我一時感知不到他的呼吸心跳，還以為他昏迷了。我放下一半的心，下一瞬看見他唇邊的血跡，登時大吃一驚，「你……」

阿胤依然平靜地看著我，「阿蘅。」他低低地對我說：「好好保護自己。」

他聲線乾啞虛弱，閉上了眼，軟軟躺在我的臂上。我感知不到他的脈搏，也聽不到他的呼吸，我不知道他到底怎麼了，努力回憶我同他一起的種種，首先想到的卻是當日我造楚蝶衣的幻境，要炸掉幻境裡的斷煙門前，刺客在阿胤背上劃出怵目驚心的那一劍。

是不是，從那時便已經……埋下了禍源？

我不會醫藥治療，當時看他草草包紮後一樣生龍活虎，所以沒有特別在意，現在回想起玉微渥入這個憶境初時對阿胤意味深長的一瞥，才發現阿胤可能已經出事。

然而我從不知道，他為了保護我，無時無刻都不在逞強。

人總要在失去之後才懂珍惜，以為周圍的幸福可以隨意揮霍，前些天我還感嘆著別人，現在卻發生在我自己身上。我才發現我有多麼幼稚。幼稚到以為，他可以一直護我到永遠。

想到此處，我心痛得無法自已，伏在他胸口，感受著他有些消散的體溫，一時間，後悔、絕望、自責，難以言說的複雜情緒充斥整個心房，我倏然仰頭，水流滾滾，隱隱照出自己瞳孔已變出不尋常的顏色。

天地之間依然晦暗不明，痛極悔極，不曉得是什麼東西沖散了我的神志，我睜大眼睛，瞳孔裡泛出的湛藍更加鮮明如蒼穹，清嘯聲響徹寰宇。

我身前的水流剎那爆起一朵又一朵水花。如同要將星辰法則一齊覆亂，濃得化不開的黑幕被撕開，聲聲尖銳的裂帛，撕開的裂縫全是刺眼亮光，交雜斑駁與混亂，彷彿有什麼拉扯之力拉著我，身子一輕，整個人被拋了出去。

日影西斜，我們四人同時被拋出，衣裳全濕，趴在地上辛苦地喘息。不遠處的壯漢則是大吐鮮血，委頓在地。

抬頭望去，四周不再是詭異暗沉，而是鮮明而飽和的色彩。終於看到正常景物，我卻絲毫力氣也沒有，對上柳思的眼，他神色驚異地看著我，我也來不及追究他那抹驚異是什麼，匆匆一句，「快，看看阿胤怎樣了。」我便已經失了意識。

再醒來時，我發現我躺在床上，床邊坐著的是阿胤。

在憶境裡湧起的害怕恍如隔世，我攥住他的掌，熟悉的溫涼傳進我的手裡，我終於放心。真好，他沒有死。如果他真死了，我可不知該怎麼辦。

「妳擔心我？」阿胤唇角勾起弧度，明朗笑容彷彿在憶境中的虛弱不曾存在，眸底湧起一抹柔軟，「妳剛剛爆出莫名其妙的力量，直接把憶境震破，以一個初階畫魂師的體質如何承受得住如此消耗，妳知道妳昏迷了幾天嗎？」

我沒有注意他話裡的訊息，露出哥倫布發現新大陸般的誇張表情，捏住他的臉，企圖挽住他好不容易綻出的笑容，不可置信地道：「你笑了？天啊，你真笑了？」

阿胤伸手把他在我爪下捏紅的臉頰解救出來，「才剛醒來，又瘋瘋癲癲。」

我真誠看著他，「這樣笑起來多好看，以後別板著一張臉嘛，多笑給我看看啊。」

阿胤定定看我，道：「好。以後，我就都笑給妳看。」

我開懷地笑了。他究竟為何而冷漠我不知道，但我相信，他心防已被鑿開了口子。他是個謎一樣的人。他身上太多的祕密，卻數度在幻境與現實中為我出生入死。

「啊對了，有件事忘了問你，你明明可以放飛劍的，為什麼非要用手握著殺啊？」我湊過去好奇問他。

略微躲了一下我靠過去的臉，他歪頭思索了會，十分鄭重地回答，「應該是，徒手砍人比較刺激。」

「……」

第二十四章　魂焚

深夜，我提著燈籠前往當日被附身之人囚禁之處。

當日被鬼魂附身的壯漢在憶境破滅受了重傷時，被玉微涯以法寶困住，暫時沒有威脅。被他帶走的倖存者也被救起，是一個三歲左右的孩子，腕上果然有奇異黑紋。

韓儒謙的思想太過偏差，偏差到我都看不過去，所以這次我想開解一下他。另外一面，戾氣太重的他已經接近不得救贖的邊緣，如果不想辦法將他畫起，他終有一日會魂飛魄散。我身為畫魂師，內心深處本就有渡化惡魂的慈悲，我無法違背身體的本能，所以此趟我非來不可。

這件事我有告訴玉微涯，卻沒有告訴阿胤和柳思。當時玉微涯只是古怪望我一眼，卻沒有多說什麼，也答應了我保密。

不曉得為什麼，這事我不想讓他們知道。

在玉微涯的默許下打開了門，我第一眼看見箕踞而坐的壯漢。他低著頭，雙手雙腳都被鐵鍊綁住，神情顯然甚是虛弱，我細思之下立時醒悟，罪魁禍首正是我。當時我只被絕望沖散了理智，沒太大印象中恍惚記得自己莫名開外掛，至於外掛何來，我仍舊一無所知。

「我看見一切了。」我蹲下身來，燈籠裡的燭火微光映上他滿是血污的臉，顯得猙獰兇狠，

我卻沒什麼太大表情，「你恨這個世界。但是，其實你更恨自己，對吧。」

對方霍地抬起頭來，目光逼人。他將我的臉細細打量，或許是看我臉龐稚嫩，應該不曉世事，半晌諷刺地笑起來，「妳懂什麼？」

「我不敢妄言。」我說：「你的出發點是好的。一切的悲劇，皆是命運。只是可惜了韓安歌。」

聽到韓安歌這三個字，戳到對方心中的唯一柔軟。那是為人父親，無法摒棄的父愛。他怔怔流下兩行熱淚，聲音含糊不清，哽咽至極，「我只是希望，安歌能一生好好的啊……」

看著他涕泗縱橫的臉，他哭得難看，卻觸動了我。那瞬間，我彷彿見到了遠在異世的爸爸。想像我車禍後他的反應，恐怕亦是同眼前人一般難過吧。誰家父母不盼著自家孩子有個好前途，一世無憂。可是，愛卻不經意變成了孩子的墳墓。世道艱難，為了活下去，人人不擇手段。我們明明披著人類的皮，卻不自覺活成了禽獸。

「我只有一個兒子。」他雙手揮舞筆劃，鐵鏈叮鈴作響，「孩子他娘生下他沒多久就去了。那時候的他呀，臉皺皺的，瘦小虛弱，兩個巴掌就能捧起來，稍微顛一顛就哇哇直哭。那時候事業才剛起步，一直賠錢，天天給地下錢莊追著打。」

我靜靜聽著，他吞了口口水繼續回憶，「我就這一個獨苗，即使我沒錢，賭了人頭去借錢我也要養大他。我帶著安歌四處流浪，我儘量借錢，實在借不了，就去偷。我要讓他錦衣玉食，不受世人低賤。我雖識字，卻胸無點墨，不足以入仕，所以這麼辛苦。我從小逼著安歌讀書，但凡他有什麼別的心思，都要將之扼殺在萌芽。畢竟，沒有知識傍身，我怕他會像我一樣苦。」

我慢慢地說：「可是，你卻不知道，你為他預想的路，終點是個死局。」

他用力錘了一下胸口，「早知道不要撕了他寫的東西。他過得平平淡淡就好。早知道……」

「……後悔又有什麼用呢。」他痛哭，「我的安歌，他那樣好。白淨文秀，有的是大把的青春年華。他以後應該配得神仙美眷，生有伶俐的孩兒。我卻管他那樣嚴，逼得他上了青樓，去喜歡風塵女子，產下私生子……」

「就是被上官家祖先帶走的那個？」我問。

「是嗎？」他圓睜混濁的瞳孔與我對視，茫然中帶著絲強硬的逃避，口唇微張，吐出模糊的人聲回音，是發自韓儒謙的靈魂，恨聲道：「不。妳在騙我。韓家無人生還，我要為我死去的家人報仇。」

我雖不完全胸有成竹，但還是裝作什麼都知道的樣子試探他，笑著問，「那麼在滅去葉家與陸家時帶走的那個，你又做何解釋？」

韓儒謙反應很激烈，開始掙扎，鐵鍊叮噹直響，「你們對他……做了什麼？」

「沒做什麼呀。」我無辜眨眨眼睛，「原來他不是你仇人的後代？不然你為何如此惟護那個孩子？」

可能是我裝無辜的樣子反而讓他覺得我說的是謊言，韓儒謙反應更加劇烈，幾乎有掙脫鐵鍊的架式，我面無表情蹲在他幾步之外，他幾次掙扎張牙舞爪，長長而藏垢的指甲險險就要刺及我的眉眼，我依然淡淡地看著他。

「韓儒謙。」我清冷喚出他的名，「你是在害怕，你沒有了報仇的理由。你帶走的孩子，他的臂上有黑紋，其實你早就認出他是你的後代了，對吧。都已兩百年了，事過境遷，你還不能釋懷，非得要讓你的後代知道他祖先的慘痛，讓他一生活在仇恨的陰影下嗎？」

「胡說八道！」他氣急敗壞，「當年他帶走我的孫子，我也要帶走他們的後代，讓他摧毀在我手裡！」

「哦？」我不置可否笑笑，越來越覺得他漏洞百出，「是嗎？剛剛你對那孩子的關心是怎麼回事？」

「住口、住口！」韓儒謙已經神志大亂，眼見身旁還躺著他帶來的板斧，二話不說直接抄起，板斧揮動挽起強烈的颶風，吹散我齊眉的額髮，就要往我頭頂劈下……

「爺爺——」

門外突然響起童稚的哭喊，刃鋒在我頭頂三寸處硬生生定住，我抬頭，還是面無表情地望著韓儒謙。

「你忍心嗎？」長長的靜寂，我只是輕輕地問他一句。

韓儒謙在聽到那聲哭喊時，瞳間混濁的戾氣頓然全部消散，板斧脫力甩到一旁，整個人跌回原位。

身後的門被打開，阿胤牽著一個孩子，臉色蒼白走進，語氣帶著責備，「阿蘅，妳做什麼那樣冒險？」

我擺擺手。本來這身體就不是我的，生死之事我在出韓儒謙憶境時早已看淡，如果天意要我死，我為什麼要掙扎，何況我本來就是重生而來，我該滿足的。我回眸對阿胤笑道：「沒事，同他聊個天。你帶他過來要做什麼？」

阿胤走過來，拂了拂我凌亂的額髮，皺起劍眉，「我不帶他過來，妳如何了？」

我吐吐舌，「頂多給劈中唄，反正我這身體堅強著，這一劈要不了我的命。」

阿胤似還有什麼話想說，但還是閉了口。

小男孩在阿胤同我說話時向韓儒謙走去。他才三歲，走路還不是很穩，手裡拿著一張卷軸，跌跌撞撞半走半爬地移向他。

直到移至他眼前，他獻寶也似將手中卷軸攤開，裡面拙劣的圖畫，卻初具規模，怯怯道：「爺爺，畫畫真好玩。你瞧瞧我畫的，好不好看？」

韓儒謙看了一眼畫作，輕嘆一口氣，蹲了下來，與小男孩平視。看著那雙眼，他似乎又看見了那年，韓安歌一模一樣的怯怯眼神，問他：「爹，把紙還給我吧？」

他流著淚道：「好看，小影最棒了……」

可惜，他再沒有機會稱讚當年的安歌了。

小男孩得到稱許，笑得如陽光燦爛。看到對方淚流不止，不明所以，伸出一雙稚嫩小掌，小得併在一起也不足以將壯漢的半張臉覆住，卻還是裝成熟地捧住對方的臉，軟聲道：「爺爺不要哭，小影會乖乖的，爺爺不要哭啊……」

我看著韓儒謙的表情鬆動，本來只有幾點熱淚，在小男孩的軟語下立時變成洶湧熱流，「小影，爺爺是鬼魂，你怕不怕？」

小影睜著圓圓的小眼睛，天真道：「爺爺就是爺爺，小影不會怕，爺爺是世上最疼小影的親人啊。」

韓儒謙拖著鐵鍊不捨地抱住他，「可爺爺在害你。我是鬼魂，雖然勉強附身在旁人身上，但終究不能永遠陪著你。到時候，你可怎麼辦啊……」

小影聽不懂他的話，茫然道：「爺爺，你要走了嗎……」

韓儒謙沒有回答，終於放開了懷中的小軀體，移眸向我，神情冷靜下來，一瞬間，我彷彿看見了當年沉穩的韓家主，「我犯下的罪孽，有沒有可能禍及後代？」

我歪過頭，「我不知道。凡事有因有果，你種下了因，最後果會報在誰身上，我不知道。有可能是來世也有可能是後代。」

「我不求來世。」韓儒謙閉上眼睛，被附身的軀體向旁歪倒，魂魄離體而出，是和壯漢完全不同的面孔，那是韓儒謙本身真容，「若我今生灰飛煙滅，是不是罪孽便自我而絕了？」

我還來不及意會他的意思，他的魂魄忽然傳出轟然輕響，整個在我面前燃燒起來。我終於明白他想做什麼，霍然站起身來，想阻止他自焚，卻被阿胤拉住。我沒想到他為了後代，竟對自己如此決絕，不禁大叫道：「韓儒謙！」

烈火自下而上吞噬了他的魂體，在他的臉最後湮滅前，我清楚看到他釋然的笑容，曾經的執念消逝得無影無蹤。他望向世間唯一的牽掛，對我丟出最後一句話，「姑娘，好生照看小影。別讓他記得，他曾是韓家的後人。」

我想挽留他，等到我掙開阿胤時，接住的是他殘留的冥灰。韓儒謙，他的魂魄他的意識，已經徹底從這個世間消失。

這是我第一次沒有畫成的魂魄。其實，韓儒謙可以選擇更好的結局，只是他放棄了。

小影本就看不見韓儒謙的魂體，不知道剛剛發生了什麼，阿胤已經把他抱回來。小影疑惑問他，「大哥哥，爺爺他怎麼了，睡著了嗎？」

他無辜的眼神實在太讓人不忍說出事實，阿胤斂下眸，「他離開了。他對你說，你要乖乖的，不要做錯事讓他生氣。」

小影頓了會，雙眼晶亮澄澈，「那，他還會回來嗎？」

阿胤沒有回答。我走上前，伸手摸摸小男孩的頭，「小影乖，他會回來的。」一掌直接果斷擊暈他。

此時，玉微涯和柳思也推門而進。我轉過頭問玉微涯，「有沒有什麼方法，讓他忘記這些事情？」

玉微涯在阿胤的簡略解說下也知曉一切，亦不忍地撫了撫小男孩的腦袋，「放心，我會封印他記憶。」

事情這樣落幕，我們三人向玉微涯告別。

在告別以前，我親眼看玉微涯封印了小影的記憶。從此以後，無論是葉家還是韓家，都不會被他記起。

小影不方便隨時帶在身邊，所以我們把他交託給一對沒有子嗣的農家夫婦，請他們代為撫養。玉微涯表示，仙緣不得強求，如果他真的有修仙的命，他會在適當的時機帶他去流夕。

只是我覺得，小影的經歷太不平凡，既然封了記憶，快樂而平凡地過一生比較好。

目前沒有鬼跡出現，我們打算去一趟痕纓城。五大名城我們去過其他三個，剩下的兩個我想去看看。

然而，就在我們向東渡過灉水時，阿胤卻突然消失，連告別也沒給一聲。

我問柳思，他神情古怪，卻只說阿胤臨時被南微宮召回去，暫時不能與我們同行。我雖然疑惑，卻還是勉強信了他。

正待我們要過鄴江，我們遇到了伏擊。

南方灉水與鄴江交叉以下的三角地帶生有一大片闊葉森林。當時我們入林，走才沒幾步便遇上了箭雨。

當鋒利的箭簇從紅花綠葉之間如密雨般竄出，帶出尖銳的呼嘯風聲時，柳思反應最快，拉住我的手直接奔進草叢中，避開了第一波襲擊。

我覺得疑惑，剛剛如果不是柳思反應快，我們兩個早就一起被射成了箭豬，顯來這些並非玩笑，亦是針對我們而來。只是，平常我們也沒有招誰惹誰，他們如此殺氣騰騰又是為哪般？

我還沒來得及細思，柳思神色凝重，更是往枝葉茂密裡竄。

「到底是誰？」混亂中我還是出聲問他，鋒利的葉緣在臂上劃出細細的血痕。

「聲音小點。」可能柳思怕我在下一刻走丟，抓住我的那只手攥得很緊很緊，「是奕罡派，恐怕是魏王派出來的人。」

魏王？什麼時候惹上這麼大的對頭？我只覺得腦中發暈，只能任由他拉著我，不要命地向前一直跑。

阿胤，你對我說你一直都在，可現在，你又去了哪裡呢？究竟去了，哪裡呢？

箭雨不斷，劃在半空聲聲尖銳的音調，差幾線就要射在我和柳思的身上。我們在茂密的林葉中奔跑，跑得都快要忘記東南西北，氣喘吁吁也不敢有絲毫停頓。

不知道奔了多久，眼前現出強烈的陽光。

前面是空曠地，也代表著，那一處是我們逃亡的盡頭。

我們都沒有修真者的神通廣大，只要逃到空地，一定會變成箭靶。雖知道會如此，但是我們還是得往前跑。因為留原地被人找到依然死路一條，與其如此，還不如先跑出去再做打算。

眼前陡然一亮，我們已經徒步穿過樹林，入眼是一望無際的江面，正是鄴江。

我們奔到了岸邊，背對著江水，睜大眼睛看向逐漸朝我們迫近的黑點，一個一個全都蒙面，提著弓對準我們，弦已拉緊。

只要施令一下，將會在瞬間萬箭齊發。

「阿蘅，怕嗎？」柳思警惕地望著不遠處泛著藍華明顯塗毒的箭簇，輕輕問我。

「我平生只怕兩樣東西，就是屍體和目不視物。」我笑了笑，「現在一樣都沒有，我又要怕什麼呢？」

柳思也輕鬆地笑了，「不怕就好，等回我數到三，我們同時躺下去，記得閉氣。」

「……好。」我苦笑了聲，我一點也不喜歡身體濕透的感覺，尤其在韓儒謙的憶境之後，只要一想起當時阿胤吐血的樣子我就心顫。但是為了逃命我只能忍了。

在刺客們即將鬆手的剎那，我和柳思很有默契地向後一仰，在箭矢及身之際跌進江中，長箭擦身而過。

突然冰冷浸上全身，跟上次在憶境裡淋雨浸水的感覺很相似，唯一的不同就是，此時阿胤已不在身邊。我感到前所未有的徬徨與寂寞。然，這時候來不及讓我傷春悲秋，現在只能隨著柳思在水底拚命地游，順流湍急而下，只希望能先甩開這追兵。

刺客們的呼喝在水聲中混濁，離我們愈來愈遠，我已快不能呼吸。就在我快撐不住時候，我和柳思同時探出水來，重重喘幾口氣，攤倒在岸上。

「總算甩開了。」我抹抹眼，「柳思，接下來我們該怎麼辦？」

柳思抖去衣上殘葉，思索一會道：「雖然我還是不知道那些人到底為什麼沒事針對我們，但我知道他們絕不會善罷甘休。我們去流夕吧，玉微涯會照看我們的。」

我狐疑道：「為什麼不是去南微宮？阿胤在那不是嗎？」

柳思的臉變了幾變，最終緩聲道：「別，南微宮太遠了。」

我一直覺得柳思有點怪怪的。每次我提到和阿胤有關的東西，他總是露出複雜的表情，他應該有事瞞著我，可我沒問。如果柳思想隱瞞一件事，逼問是沒有用的，如果他不想說，怎麼問也是枉然。

第二十五章　神石

敲定好了目的，我們便往赤波山進發。

一路上我們拙劣地喬裝改扮，避過了一切可能的追殺，一路艱辛至極。

然而，我們的努力還是失敗了。就在我們回到熾胭城時，很不幸地遭到刺客伏擊。

我恍然大悟，原來我們這一路不是真的甩開了刺客，而是他們猜到了我們的去處，直接在目的地守株待兔。真是一群陰魂不散的傢伙。

「你們……究竟為何而來？」被圍困在巷角我們已經窮途末路，柳思臉色凝重，牢實地擋在我的身前。

「神石出世，爾等若能將之交出，吾等不會為難你們。」瘖啞的嗓音穿過布帛極是陰悶，其中的意義卻讓我丈二金鋼。

我瞥向柳思，只見他在聽到神石二字之時臉色驟變，強硬道：「什麼神石，沒事對人千里追殺這是向一人要東西的態度嗎，況且我們身上根本沒有你們要的！」

他雖然語氣強硬，橫在我眼前的手臂卻微微發顫，明顯他極是緊張。他的表情作風很異於平常。我不知道神石是什麼，但我猜，柳思是知道的，才會如此緊張。

他們所說的神石，到底是什麼呢？

我不禁想起以往在現代時看到的小說和影劇公式。常常在古代盛傳得什麼者得天下的，各種照樣造句，弄得好像得到什麼特定的東西就可以號令天下似的，結果事實證明連屠龍刀都無此威能，人心若能隨便被一個物品統一，那麼何來亂世。天下還是得靠自己拼死拼活。

我，該不會應了小說電視劇裡的公式吧？

刺客們不再多說，一聲令下刀光乍起，刺得我不禁倒退一步。刀光直進沒有停止的意思，本以為我們就要死在熾胭城，柳思終於發了神威。

我才知道，原來柳思是會武的。

似是下了某種決心，柳思毅然拿起了畫魂筆，柔美的臉難得滿是煞氣，靈力透過筆尖迤邐出絢麗靈光，像是在半空中書寫行草，一點一個把人瞬間逼退，拉了我狼狽突圍。

風聲呼嘯，柳思顧不得隱藏自己的武力，腳下似裝了風火輪，帶著我狂奔。速度造成的風壓使我的臉被吹得些許扭曲，髮絲凌亂，好幾次差點跟不上他的腳步，但不知為何，身體似乎有某種力量驅使我加快速度，很快的，跟上柳思竟不甚費力。

理所當然刺客們鍥而不捨地追殺我們。然後，我們連夜趕往赤波山。

雖然知道了他們是為了神石而來，而我卻還是不知道他們為何要追殺我。

模糊想起很早之前柳思提到過，在我們剛下山之時，也被追殺過，是君陌宸救的我們，所以那一日君陌宸派人來找我們處理收魂之事，柳思才會義不容辭。而奇怪的是，穿越前這具身體經歷了什麼我且不計，從我穿越而來，為什麼直至現在才真的遇到刺客，難道刺客就像大姨媽，行動與潛伏還帶週期性的？

這顯然不可能。他們的目的是神石，除非是他們在沒追殺我們的時間裡找不到神石的蹤跡，不然沒道理勤快一陣又懈怠一陣。引來刺客，莫非是有什麼契機讓他們又找到了我們？

正思考間，我們已奔到一處怪石林。彷彿觸到林中某些禁忌，裡頭矗立的數百根石柱像是全活過來般，轟隆聲中移動錯落，伴隨著亂石飛舞。

「九轉乾坤陣……」柳思雖身有武功，但在如此危險的陣法下也只能保我們兩個在亂石攻擊下安然無恙，突圍便完全不可能。

刺客們依然不死心，我們逃進了怪石林，他們照樣追了進來，理所當然在如此兇厲的陣法下些許死傷。

我躲在柳思身後，讓他擋開不斷而來的落石，同時極目尋找控陣之人。若是熟人，我們便得救了。

果然，在紛飛的碎石中，我看見了那抹熟悉白影，是玉微涯。我抑不住狂喜，扯開嗓門大叫道：「玉微涯，是我們！有人在追殺我們！」

我扯起嗓門來都十分大聲，玉微涯很快接收到我的呼喊，身影倏閃風馳電掣，天人一般飛身疾下，橫身在我們面前，九轉乾坤陣終於停止。

我鬆口氣，連日緊繃剎那放鬆，差點跌坐在地。抬頭望去，只見玉微涯面色冰冷，睇著直面而來的刺客們，沉聲道：「奕罡派幾時如此放肆，竟欺到流夕身上了？」

玉微涯持劍的樣子甚有氣勢，刺客不敢惹他，話也沒留半句，迅速退走。待得刺客的身影隱沒，玉微涯這才轉身，換上溫和神情，蹙眉道：「妳怎麼攪的，為什麼你們被魏王追殺了？」看來他也知道奕罡門依附魏王，所以不問奕罡派，直接問魏王了。我挑眉，無奈攤手，「我也不知，我這麼慈善，連魏王是圓是扁都不知道，又怎會沒事惹到他。」

玉微涯隨我們入過韓儒謙的憶境，歪頭想了會，突然驚聲道：「得神石者得天下，他們又來找你們了？」

柳思凝重道：「是啊，好不容易有幾年的風平浪靜。不曉得為何他們又纏夾不清。」

「不對啊。」我驀然抓到一絲不對勁，狐疑看著柳思，「柳思，是不是你知道神石在哪裡，或者，它就在你身上？」

柳思面容一白，直接迴避我目光，一時陷入僵局。過了良久，玉微涯受不住我和他展現的低氣壓，無奈地一手一個搭在我和他的肩，道：「你們倆這是怎麼了，一下子就要吵架的感覺，柳姑娘妳就別迫著柳思了，有事情到裡頭再慢慢講啊。」

我猜，會有這些遭遇，或許是因為身為畫魂師，知道了什麼不該知道的東西。

我天性八卦，發現一個迷團總是想知道得澈底，但沒想過知道的後果是什麼，且到現在才明白，一個人不能知道太多。

能力太逆天，總會伴隨著缺陷災難。現在我終於體會到了。

畫魂師的身分敏感，只要人魂不滅，我們都可以藉由憶境摸清真相的脈絡，這個能力很招禍，不少畫魂師就是因為如此，倒楣地被人暗殺了。我沒想到，我也將走向如此命運。

知道得太多容易招來禍端，這類的人不是被重金收買，便是被暗中殺害。大部分人的結局都是後者，這是千古陰謀不變的定論。但凡是聰明人，不會在沒事承擔風險的同時，還要哈腰破財，畢竟利益太低。

我無意理解魏王終究盤算什麼，我只願能平靜。不再畫魂又如何，我是穿越而來，渡化魂魄的慈悲只是這個身體的本能，卻不是我的使命。我的能力那樣渺小，世局安危無關於我，現在我卑微到，只需要一個簡單的平安……

看見我憂愁的表情，玉微涯拍拍我的肩，「先待在流夕吧，有我們在，他們總不可能闖過九轉乾坤陣來找你們。這些人，倒還真是猖狂。」

我平靜地抬頭望他，「阿胤知道嗎？」

玉微涯臉色微變，偷偷與柳思對望一眼。

很好，連玉微涯都有事瞞著我，應該和柳思瞞的都是同一件。

是不是阿胤出了什麼事？我很是擔心。

＊＊＊

月圓正好，蛙聲在深夜裡異常寧寂，我閉著眼睛，雖臥於暖床之上，卻意識清晰，半點睡意也無。

阿胤消失得太久，這份不安像陰影在心底蟄伏，當它掩蓋了光明，在心底脆弱的平衡將會傾滅，澈底失掉理智。我卻只能眼睜睜看著一切發生。

片刻前才下了一場新雨，殘留的雨滴從屋簷成串落下，一點一點落到地面，似要將萬物全都敲醒。地面上的小塘倒映月光，而殘雨落於其上，一次又一次，將月的倒影揉碎又聚合。

如我的往來復回，無法逃脫的心障牢籠。

阿胤現在怎麼樣了？究竟是為什麼，過了如此長的時間，還是一點音訊都沒有？柳思說法太多破綻，欲言又止的樣子反而更讓我懸心。顯然玉微涯也知道內情，可他們卻串通好一起瞞我。我一直害怕一件事，那件事我想都不敢想，下意識也在逃避，而理智則不允許逃避，這就是我心亂如麻的原因。

明明夜涼如水，枕上卻被我的熱汗浸潤，弄得我更加清醒。我心中煩亂，想掀被起身，卻聽到門口一聲輕微的腳步聲，我連忙停了動作，調整呼吸假裝熟睡。

門呀的一聲打開，我偷睜眼縫瞥去，看到的是一截純白衣角，是玉微涯。他半夜裡偷偷潛來我的房間，是想做什麼？

要非禮這個選項可以果斷去除了……吧。

我不動聲色，靜靜聽到玉微涯的足音由遠到近，很快到達了床緣。感覺到一縷複雜的目光在身上徘徊流連，弄得我一陣不自在，差點跳起來直接問他有何意圖。可我隱隱知道其中有內情，必須套出其中內情是什麼，所以，還是忍下來了。

不知道過了多少時候，我把身子轉正，額前卻忽然感覺到輕微的涼風，拂起我幾縷髮絲，我更加困惑了。疑惑只在彈指剎那，很快的，細膩的觸感印上我的額，有些顫抖冰涼，灼然之氣竄進我的腦海。

玉微涯該不會是以為我感冒，偷偷跑來給我探體溫的吧？

我恍惚在想，而意識在他傳來的灼然之氣中如暈開的水墨變得混淆不清，幾乎就要真的熟睡過去。

不對！

腦中僅餘的一抹警醒將混沌驅散。他這動作絕不可能只是探體溫，他一定有別的目的。我再也沉不住氣，霍然撥開了玉微涯的手起身，皺眉問他：「玉微涯，你半夜的到底想做什麼？」

睜眸的瞬間我看到淺淺的紅芒在半空中飄散，我瞠眼，他竟是對我施了靈術！

玉微涯在施術的半路被我打斷，顯然受了內傷，倒退兩步，摀著胸口低哼出聲。而我無暇顧及他的傷，跳下床來，一個箭步逼近他，「玉微涯，你回答我！」

玉微涯呼吸紊亂，在我逼問的目光下，好久才緩過氣來。他靜靜凝視著我，眼神沉痛而悲憫，輕嘆道：「柳姑娘，妳為什麼偏要執著呢？」

執著？我腦子瞬間亂成了一鍋粥，問道：「我執著什麼了？」

玉微涯避開我目光，淡淡道：「如果妳什麼都不記得，妳的負擔會少一點吧？」

聽到他的回答，我立時猜到他意圖，激動抓住他的肩膀，「你要消除我的記憶？」

消除對誰的，阿胤？

為什麼？

憑著我的直覺，答案在一問一答之間撥雲見日，我放在他肩膀的兩手不自覺攥緊，「阿胤他出事了？」

玉微涯劇烈一震，才對上我的眼，便不知所措別開頭，「沒有的事，妳……」

「沒有那你為什麼要我忘記？」我心跳已經快得要跳出胸口，我幾乎要歇斯底里地大吼，「你到底是不是阿胤的朋友？連這種事都要瞞……」

「就是因為是他朋友我才要瞞！」玉微涯眼看就要瞞不住了，一聲截斷我的話頭，眸底含著隱忍，「可這事太殘忍了啊……」

一片靜默。我的心在他一字一句之間不斷下沉，找不到回穩到地面的憑依，一直下落，直到落在萬劫不復的深淵裡。

我想再問他，胸口卻堵得我半個字都說不出來。怔怔鬆開放在他肩膀的手，看著玉微涯黯然低頭，默然向後退了兩步。

我還是一個字也問不出來。許是連我自己也害怕著那個答案。

玉微涯見我許久都沒作聲，臉上閃過了些如釋重負，拍了拍我的肩，摀著胸口轉身欲走。我呆呆望著他的背影直達門口，一個念頭悄然升起。

如果我逃避，阿胤會不會就真的……

一瞬間，彷彿被股強烈的害怕穿過了心，我如被鬼附身，衝口劈頭問了出來。

「……有救嗎？」

玉微涯步伐轉瞬被我的問題定住，人身巍然不動，潑墨般的髮絲卻隱見微顫。他頓了一陣，猛然像被明火燙到般跳了起來，回頭一個箭步抓住我的左臂，「妳……」

我狐疑指指自己，問道：「我？」

玉微涯死死盯著我，又是好半晌沒說話，神色不斷變換，直到我不耐煩，他猛然一拍自己腦門，懊惱而痛苦道：「不行，不行，不行啊……」一面說一面逃也似地逃出房門。

我目瞪口呆。

遠遠的，我似乎聽到一聲呢喃，「神石，神石怎麼偏偏……」

「……」

這句頗有玄機的呢喃讓我琢磨了許久。

突然想起日前連連被人追殺，刺客口口聲聲都是神石二字。柳思緊張得反常，不顧一切都要死死護我。當時沒覺得什麼，現在回想，配合剛剛玉微涯痛苦的呢喃，便處處藏有玄機。

柳思一定知道神石是什麼，他對刺客的那幾句分明欲蓋彌彰。可我卻不能挑明了直接問他，這樣只會打草驚蛇，讓他把祕密藏得更緊而已。

神石偏偏……他說的偏偏是什麼呢？

要救阿胤，神石是關鍵。看來玉微涯也很想救阿胤，只是神石本身另有隱情，讓他十分忌憚，才會選擇放棄。我不知道他那句呢喃是故意說給我聽，還是純粹我耳力太好，既然抓住了這微弱的線索，就算是死也要把真相找到。

柳思曾告訴我，畫魂師有另一種幾近失傳的流派，名曰畫心，那個分支不是畫魂，而是觀人。他們可以直接進入活人憶境，得知人的執念想法。此流派相助於京城捕快一系，傳為佳話。

只是這一系傳到後來入了魔道，從觀人記憶演變成生生抽出活人的魂魄收進畫紙，再加以煉化，意外橫死的人心有不甘，最終化為凶厲的鬼妖，為禍人間。於是人間修真道挺身而出，歷盡千辛萬苦方把這一脈剿滅。因為此事，畫魂門也受到波及，至此後畫魂門雖無明文規定，但裡頭門人多半不能會武，所以柳思非到萬不得已，不會顯示自己會武，免得遭人忌憚。

為今之計，我得偷偷回畫魂門找到當年畫心師觀魂的方法，施在柳思身上，如此我才能知道埋藏在他心裡的真相。雖然知道這樣子風險很高，但是短時間內我卻想不出別的法子了。

畫魂門的位置我本人是不知道，但許是因為住在這個身體裡久了，竟然染上了屬於她的本能，我隱約知道它的方向在哪裡。事不宜遲，我匆匆留了書，趁著柳思和玉微涯不注意，偷偷溜下了赤波山。

——不能讓柳思知道我回門中了。

離開了赤波山，我抱著碰運氣的心情，依照身體的本能直向北行。

行了約莫一日，當我走上一段荒涼小道，卻忽見一人倚在道旁的樹上，雙手抱胸，高深地看著我。

焦黃的土地與天空形成涇渭分明的顏色，百里之內雜草稀疏而生，遠遠的可以看見牛羊奔騰而過。而幾丈外，一棵高大的枯木矗然直立，空氣極其乾燥，我搓了搓發涼的鼻尖，與樹旁的人四目相對。那臉孔怎麼有點面熟啊。只見對方輕輕一笑，直起身子，不緊不慢向我走來。

「柳蘅師妹，可讓我好等。」

《雲泥》

話音剛落，極其細微的一窸窣，蕭修臉色驟變，向後閃身一退，攏在袖中的雙手平舉到胸前，彷如作揖，雙手一分，電閃之間一聲長吟，一截破敗的鐵刃錚的一聲掉落在地。

第二十六章　觀魂

突然在陌生人口中聽到我的名字，被連日追殺的驚恐還在腦中深刻鮮明，頓時如驚弓之鳥跳了起來，登登登連退幾步，戒備道：「你，你不是要攔路打劫的吧？」

那人一怔，目光閃過一絲我解讀不出的複雜思緒，抿抿薄唇，微彎起眼眸道：「哪個攔路打劫不帶嘍囉的，還有，妳腦殼被門夾了是不，竟連師兄都不認得了？」

他的話讓我稍稍放下了戒心，不過還是和他保持了一點距離，以防他暴起發難。我歪了歪頭，很認真地向他道：「不是被門夾了，而是撞破過屋頂。很多事情都忘光了。師兄，你同我說點門中之事可好？」

「……」

去，跟我比雷，你嫩著呢。你雷我一千，我必雷你一萬。

他的笑容邪魅狂狷，雖然長得很眼熟，但不足以不讓人懷疑他是別人派來騙我的。我懷著不高不低的警戒心同他走上一段，看他走的方向沒什麼異常，而且所述的門中之事和柳思同我說過的吻合，我才相信了他真的是我師兄。

他的名字叫柳瀛，門中大多姓柳，因門主姓柳，而門中柳姓弟子是他撿來的孤兒。我不禁感

嘆，這便宜師父當真大愛無疆，如果可以，真想問問他這軀體的身世。

行行復行行，日夜兼程，一日之後我們終於到達了畫魂門。不同於我既定的想像，畫魂門的據點竟然很罕見的不在山上，而是在一個頗為熱鬧的小鎮中。我和柳瀛入鎮之前先換上了一身黑衣，戴上風帽，十足低調走進了小鎮。

我不怕死地問他道：「為什麼好好的我們要扮得跟魔教一樣，是見不得人還是搞神祕呢？」

柳瀛挑眉瞥來，道：「妳覺得呢？」

我抖抖肩，避開他的目光，雙眼望著虛空乾笑道：「啊呵呵我突然覺得有點冷……」

我倆進了畫魂門，由柳瀛帶路，終於帶到傳說中的師父面前。

小說裡的師父既定形象通常都是個長著白鬍子的威嚴老人，而當我走進殿中，抬頭一看，我的想像再一次被粉碎刷新。

此刻夜深，我和師父間還隔著條小道。殿內點起燭火，兩排燈盞擺放在道旁，吞吐著焰華，一室皆亮。

藉著一片由火築成的亮色，雖然還隔了兩丈的距離，我還是看清了師父的容貌。

那人一襲月朗清風的白衣，披散著頭髮，眉眼柔媚如水，應是個女子。她慵懶地斜躺在榻上，支著頰，雙眼朦朧地望來，一副才剛睡醒的模樣。

「阿蘅，過來。」

女子聲音飄緲不定，不知為何，此刻我的心竟起了異樣情緒，依言朝她走去，在她身前一步跪下。

她見我走近，終於坐直了身子，瞳孔在燭火的映照下反射著粼粼波光，如秋水一般柔軟，卻帶了些許清冷。她伸出手來，極輕地撫摸我的髮絲。

我僵著身體不敢動，低頭瞪向冰冷地板，不發一語。這樣的靜默惟持了好長一段時間，頭頂傳來她輕輕的喟嘆，「妳終於還是……變了啊。」

我頓時覺得有些頭皮發麻，她還未抽回的手一瞬熾熱得可怕，雖然並沒有要傷害的意思，卻覺得她的手如洪荒猛獸，避之唯恐不及。可我還是分毫未動。如果著急地避開她，就證實了我心虛。我有求於她，不能毀在這裡。

在我穿越來這裡，最害怕的一件事便是，這裡的人發現我不是他們認識的柳蘅。我不知道這時代的人是怎麼對待異類的，但我不敢賭，賭他們會接納莫名而來的人。

「師父。」好不容易攢起勇氣，我恭敬抬頭，開口道：「我想去一趟藏卷閣。」

在路程上我便有向柳瀛打聽，當年畫心師所留下的觀魂術有些殘卷就留在藏卷閣。我直接提藏卷閣，至於她會想問什麼，我再想辦法應對便是。

師父一怔，凝視我的眼若有所思，手收了回來，在榻邊輕叩，每一下帶動我的心跳紊亂。她陷入片刻的思索，我不敢催她，只能靜靜等著。

「罷了。」師父輕嘆一聲下榻穿鞋，「跟我來吧，是時候讓妳知道一些東西了。」

她的態度讓人意外，我困惑摸摸頭，尾隨著她走出了殿外。

穿過重重亭閣，我一面好奇四顧，一面驚嘆著原來古代的我生長的門派規模也算不小，由此可見門派祖師必定是個富豪。走了約莫半柱香時間，師父終於在一扇不起眼的門前定住。

我深吸一口氣。救阿胤的關鍵就在這了。

師父回眸瞥我一眼，眉目之間暗藏著我解讀不出的複雜痕跡，卻還是推開了門。門推開的剎那，清雅竹香彌漫鼻端，師父和我一前一後走進。入目的是整排書架，卷卷竹簡整齊排列，我幾乎要壓不住急切的心情，望向師父。

師父看見我的表情，輕笑一聲，道：「妳自己找要找的吧，師父就不打擾妳了。」語畢，竟真的轉身出門，順便把門帶上。

閣內空無一人，只剩我不穩的呼吸聲。事不宜遲，我以最快的速度翻找架上的書，以期能找到我要的。

砰的一聲，我莽撞的動作碰落了畫卷，滾到我腳邊。我連忙蹲下去撿，不意畫卷似是放得太久，繫繩驀然朽斷，唰然展開。

畫中所畫的是個紅衣女子，眉眼帶著戰場的煞氣，上身為人下身為魚，胸前掛著一塊毫不起眼的小石，手持一把滿是火光的長劍，烏髮在風中獵獵狂舞，目光凌厲，仰頭望著天邊烏雲，而天邊隱約有了電閃之兆，由想可知，她等下將要迎接的將是如何驚心的雷劫。

模模糊糊想起我在入夢時曾經看過的一張，絕美卻使我孺慕的臉。她將我捧在手心，永恆的寧靜與安然。

「夙、煙、蘅。」我辨認著畫卷一角斑駁的字跡，輕輕誦出。這應該是畫中女子的名，這個時代的神話我略知一二，他們沒有女媧伏羲等神祇，只有四脈神女，而此人應該就是二代龍女後人了。傳說她為保護一對半妖兄弟，代擋雷劫而魂飛魄散，身上所配的石頭也不知去向。有人說，那石頭能生死人而肉白骨，更能讓人長生，所以人人趨之若鶩……

等等，石頭？

刺客要的和玉微涯所說的神石，該不會就指的這個吧？

思緒抓到了些脈絡，我瞪大眼睛，胡亂捲好畫卷便欲放回。指尖觸及畫的表面，我突然感到眩暈，畫還沒放回去，我身體一軟，直接倒在地上。

＊＊＊

這一昏我半夢半醒，隱隱約約知道外界的狀況，可我卻是怎樣都睜不開眼睛。我躺下之後沒多久，門再度被砰然推開，熟悉的聲音在尋到我的所在後一聲驚呼，「阿蘅！」箭步奔來，凌空把我抱起。

柳思……

我恍惚想掙開他，救阿胤的方法還沒找到呢，怎能輕易離開。可我沒有任何力氣抗議，已被帶出了閣。

接下來我便不知了。

我做了一個夢。夢裡無止盡的漆黑，我在其中不斷的奔跑，期望能見到哪怕一絲光亮。不知跑了多久，眼前陡然灑出璀璨浩翰的星河，而星河彼端站著一個人，含笑望著我，冉冉移近。

我一看清她的容貌，倒抽一口氣。她……不就是畫中的那個嗎？她怎麼會來找我？

「夙煙……蘅？」我不確定喚了句。對面的人微微一笑，毫不避晦應承，「是我。」

想起神石的事，我張口正要問，夙煙蘅卻劈頭道：「妳知道這具身體的來歷嗎？」

我心頭一震，反射性失聲道：「妳知道我不是這裡的……」

夙煙蘅挑眉道：「妳是啊，幾時不是？」

我的腦子亂成一團漿糊，「那麼？」

夙煙蘅的神情轉為感慨，她轉過身，輕聲道：「妳記得說妳魂魄不全的道士嗎？」

她竟然知道我在現代的事？我睜大眼，意識到其中的不單純，直接抓住她的臂，問道：「是妳讓我穿越的？為什麼？」

夙煙蘅沒有掙開我，她閉上眼，淡然道：「因與果的循環是依天道而行，事不在人為。我說過，妳一直是這裡的人。」

我不解，「何意……」

夙煙蘅轉回身，靜靜凝視我，而後緩道：「妳缺失的魂魄，就在這具身體裡。」

那道士我沒忘記。當時我同小芸同行時，巧遇了一個瘋裡瘋氣的道士，他只瞥了我一眼，說了我魂魄不全，丟下幾句：「分離終歸是要圓的，而圓的背後，仍然是分離。唉。難、難！」而後大笑而去。

那時我並未在意，我是無神論者，子不語怪力亂神，我沒打算相信，卻對道士的那幾句玄機留上了心。如今聽了她的解釋，一切都有了答案。

我被震驚得無語，聲音微啞，「我的魂……為何分散？」

夙煙蘅含笑道：「妳沒瞧見畫裡的雷嗎？正是那場雷劈散了妳的魂魄，而石頭……」

我猶如失了魂，喃喃道：「石頭……」

夙煙蘅幽幽道：「石頭……就是妳啊。妳的魂魄大半飛往異界，所以，這場穿越不是遠途，而是歸來。」

又是一陣雷劈得我七葷八素找不著北。

車禍昏迷的朦朧幻夢，一個女子捧著小小的我，喊我的名字。那本能的依戀孺慕令我不解，本以為是夢，卻是真實。還有染荷幻境被擊一棒昏迷，我看見的另一個自己，還有把我劈成兩半的驚雷，亦令我不解。直到現在終於有了答案，我本是神女身上配的一顆頑石，數百年仙氣餵養，有了自己的意識，某些意義來說，她是我的母親。所以，對她，我會產生本能的孺慕。

那一夜玉微涯的表情動作陡然深刻清晰，他心念痛苦不得用的神石，竟然是我。傳說神石是治療聖物，如今知道我就是那顆神石，雖然不太適應，卻十分歡喜。

可我現在已是活生生的人，而非當初的石頭，如果要治阿胤，是不是要把我重行變回神石才能救他？

夙煙蘅憐憫看著我，「妳想的沒有錯。」

我已經沒有心情研究她為何會讀得出我的心緒，定定盯著她，一字一頓，「我要救他。無論如何，告訴我要怎麼救他。」

夙煙蘅想起了某一段過往，眉間的悲憫漸濃，啞聲道：「即使犧牲自己，成為無感無識的石頭，即使再化人，妳再不是妳，也在所不惜嗎？」

我突然明白了她眉間的悲憫意味著什麼。一千多年前她無畏抵擋本該擊落在那兄弟身上的劫雷，魂飛魄散，恐怕也是因為對他們的情吧。為了自己心愛的人，縱然遇劫化灰也再所不惜……

我對她綻開了解的笑容，「何必再問我，妳自己不也是嗎？」

夙煙蘅也笑了，「妳說得倒也是。」

此刻，我們兩人足下流轉的星河開始劇烈顫抖，隨時都有崩落之象。她側眸望向下頭即將毀散的星河，輕嘆一聲，道：「祕境撐不住了。我已為一介殘魂，支撐不了太長時間。等下我把方法告訴妳，就把妳先送出去……」

砰的一聲，我和她之間驀然裂開一道深深的鴻溝，夙煙蘅面容凝肅，纖白的十指在胸前迅速繁複掐訣，口中念念有詞，強烈的紅光凝聚成靈球，咻的聲飛進我額心。此事一了，夙煙蘅清叱一聲，「去！」我的身子在她一喝中劇震，不由自主倒飛，目光所及只剩她越來越遠的絕美容顏。

夙……煙蘅。意識遠去之前，我的心中不斷迴蕩著這個名字。

沒來由的悲從中來。

再醒來時，正身在馬車之中，耳邊一陣密麻吵雜的兵刃碰撞聲。我模糊睜開眼，只見窗外人影幢幢，閃亮的劍影讓我失神，是玉微涯持劍不斷與周圍敵人纏鬥。我一開始不明所以，稍想一下立刻明白，我私自出來，又引來了追殺，玉微涯只怕是戰了一路，要把我和柳思護回流夕。

「柳思……」強行被植入記憶後頭疼欲裂，我按住頭，喊了身旁人一聲。身旁人馬上有了反應，伸手就我的手揉我的額，輕聲道：「別說話。」

我依言閉了嘴，此時外頭傳出一聲叫囂，「得神石者得天下，大伙上，一定要從賊人手中搶到神石！」

「……」聽到這句，我瞬間額爆青筋。你大爺的，夠了哦！

＊＊＊

在一場激戰後，兵刃漸止，馬車以最快的速度奔往赤波山。我倦極，醒來後自又睡去。睡前心裡想著，我一定要想辦法找到阿胤，及時救他……

深夜冥冥，我已回到自己的房間，在滿是星光的夜色中醒來。

頭還帶著微疼，但還是起身下床，走了出去。救阿胤這件事不容耽擱，我想先找玉微涯，告訴他我的決心，讓他找到阿胤，才能救到他。

平常與阿胤同行，現實與虛幻之中出生入死，像是每日飲水般家常便飯，一旦他突然消失，我才知道，他不在的日子，我的生活如何蒼白，似是少了某種鮮妍色彩。

漫天飛嘯的狂沙中，磅礴的暴雨裡，每當我徬徨的時候，第一個想到的是阿胤。雖他總擺著張面癱臉，但只要觸及他體溫，我感到前所未有的安心。我不知道，什麼時候我如此依賴他……

我穿過道場，正要走向玉微涯居處，卻見一道身影快速掠過，看著極是熟悉，藍色髮帶在微風中飄揚，月華映照下鍍上淺淺的乳白。竟是柳思。

柳思大半夜的突然找玉微涯做什麼？

他的異樣舉動勾起了我的好奇心，躲到假山後，屏著呼吸等他進了玉微涯的房間，這才出來。我躡手躡腳掩到門後，將耳朵貼在門板細聆。

「你確定要一直瞞著她？」先是玉微涯隱忍的聲音，我瞬間豎起了耳朵。

他說的一定是我。

「沒辦法，阿胤他拜託過我們，不要把他的事告訴阿蘅。」柳思的聲音很是疲憊，「我也不想瞞她的，可是我，不想看她不開心的樣子……」

我的心提了起來。

「紙總包不住火的，只要阿胤他一天不出現，柳姑娘她就會問一天。」玉微涯沉聲道：「柳思，你覺得你，能撐到幾時？」

撐到幾時……難道阿胤他已救不回來……嗎？

瞬間恐懼到無法正常思考，我也沒想我剛剛是在偷聽別人的對話，呼吸急促，轉身砰地開了門。

想是玉微涯和柳思不知道我竟會在他們門外偷聽，盡皆愕然，定在原地動彈不得。

我全身都在顫抖，冷得如墜冰窖，從腳到頭彷彿都要結了冰。我望著兩人許久，好不容易攢出說話的力氣，一字一字費盡了精神，「師兄，你說阿胤他……怎麼了？」

最初認識他的幾個月我叫他師兄，直到相熟我總是喊他全名，代表我對他的親近熟稔，如今我再喊他師兄，表示我已經沒了親近信任。柳思明顯是意識到了這點，氣息紊亂震顫，卻強抑平靜道：「阿蘅，不要問，妳會痛……」

「會痛，我也應該知道！」很少生氣的我真的動了怒，「如果你真的想為我好，就該讓我知道真相！」

什麼狀況才真是對我好，柳思同我相處那麼久，竟然不懂嗎。我雖然常常給窮途末路的鬼魂製造虛幻幸福，但我自己卻不希望得到糊塗的快樂。因為我知道還有一個我不知道的殘酷事實在隱瞞裡蒙塵，這樣的我無法心安理得地過平常的生活。

玉微涯實在撐不住，無奈道：「你看，瞞不住就瞞不住，柳姑娘，我告訴妳吧……」

第二十七章　抉擇

柳思不忍地閉上眼，玉微涯伸手按著我的肩，眼神認真，「阿胤他中了毒，毒素無藥可解，在妳回門中的幾日，就離開了。神石是可以解毒，可他卻錯過了解毒的時日，神石不能逆天復生，對不起……」

我的世界在聽到他說的那句無藥可解變成靜寂，最後他的聲音落在耳裡遊離模糊，我完全聽不進去。

當玉微涯想來消除我的記憶，被我發現之時，我才知道，憶境裡阿胤昏死過去的那一幕，是真的。

當時我在現實中醒來時，阿胤精神很好，所以我還自欺，憶境裡全是假象。只要我醒過來，一切還是如我想像的美好樣子。可自欺終究是自欺，在真相面前還是改不了內裡本質。

「玉微涯。」我痛得連呼吸都一絲一絲凌遲的疼，「讓我去南微宮，現在。」

修真者總有傳送陣直達目的之類的吧，我要立刻見到阿胤。一刻也不能多等。

逆天又如何，玉微涯沒有說實話，傳說中神石明明可以生死人又肉白骨，他不會那樣輕易走的，只要我找到他的軀體和魂，我一定可以……

柳思有些遲疑，「阿蘅，妳不要……」

我側眸，眼神微冷睥向他，「柳思，你想要阻止我嗎？」

柳思被我出奇冷漠的態度震住，怔了瞬，指著我，張口像是想說些什麼，一張白皙秀麗的臉越漲越紅，好不容易才擠出幾個字，字字艱難，「怎麼可以那樣草率，怎麼可以那樣草率呢？阿蘅，妳知不知道阿胤用盡生命換回妳，妳卻要為那虛無飄渺的希望拚命？」

我一僵，他的話像利刃般字字誅心，我卻無淚可流，強撐著自己冷冷看向他，道：「你說什麼？」

柳思緊緊捏住衣角，「妳魂魄相繫不穩，當日妳強行牽動體內力量，筋脈全斷，是阿胤強行施術將妳的魂拉回，卻促成他的毒發。他以命換妳，妳怎麼可以……」

原來是這樣的嗎？原來，自認為最靠近他的我，竟是最後一個才知道他的事情。

阿胤總是隱忍地承受一切不好的，把從身到心最安全的一角留給我，我卻不曉得。早該知道的，從那一日他突然把我困在牆角，句句言語試探，我們的關係，不能以一般朋友來衡量。

可說一切什麼都沒有用了。我感到心灰，他說的話我半個字都不想聽，不再看他複雜的眼神，淡聲道：「師兄，要跟不跟，都隨便你。」

既然阿胤的生死你不在意，那隨便你。

轉過身的一刻，隱約看見柳思的目光，似是悔痛難當，我卻想起了楚雲封。楚雲封與楚蝶衣那情絕一戰，楚雲封的眼神，和現在的柳思沒什麼兩樣，而柳思卻多了一絲情感。那是我永遠也不想也不敢理解的。

楚蝶衣的決絕，我至今才真正體會。被至親安排，卻毀了自己最想珍重保護的東西。楚蝶衣的珍寶是君陌宸，而我的珍寶是阿胤。彼時我還覺得楚蝶衣的反應過激，此刻卻發現，我的反應不亞於她。其實，看似濫好人的我，也有烈性的一面，那烈性，尖銳而傷人。

我和玉微涯說好了時間，玉微涯同南微宮那邊的人知會過一遍後，開了傳送陣要送我過去。而柳思，這幾天不知道去哪裡。

玉微涯在聖心崖前施法，我的身影逐漸虛化，只覺身邊快速流動著浮光掠影，靜水般沒有絲毫聲響，過了一刻，光影散去，我發現我身在深山。

南微宮大約就在幾尺外，幾步便可觸及。

因為有玉微涯先行的知會，早有弟子候在門口，引我進了宮。

死別也好，我總要見他一面。我不能讓他死在我不知道的一處角落，還天真希冀他會回來。如果以神石之力真的無法救回，我會陪他到最後。

我就是不希望，他為了不讓我難過，在他臨死前把我推開。我的願望，只有這樣。只有這樣而已。

輕微的窸窣，我抬起頭，一個人影已近在門口，伸手推門。

我平生第一次覺得自己的心跳那樣快。

門被呀的一聲打開，修長如竹的影子在乳白月光下鍍出淡淡光輝。我與他的視線對上，一眼彷如萬年。

我瞬間熱淚盈眶，顫抖搶上前，張臂把他抱住。午夜夢迴毫無窮盡的孤獨落寞，等的就是重逢此刻。

我終於知道，一日不見如隔三秋是什麼。

傳到臂上的溫度冰得可怕，我抬起頭，聲音放得輕輕的，道：「怎麼是冷的？半夜裡沒睡暖嗎？」

阿胤的臉龐蒼白得可怕，望我的眼神卻溫柔，多了我似乎理解也不全理解的東西，「我只是，身體不太舒服。擔心了？」

他都到這個樣子了，還想瞞我。我放開雙臂，嗔了他一眼，說道：「我知道你的事了。不要怪玉微涯和柳思，是我半夜裡偷聽他們說話的。」

阿胤身體微微一震，想說話，被我揮手打斷，「為什麼要偷偷離開，如果你快要死掉，再怎麼樣我都要在。阿胤，你願意無私地陪我護我，為什麼我就不行呢？」

撫著心口，我把心裡話說出來，感覺舒服很多。不知道從什麼時候開始，我的心神全都在他，沒有他在的日子，竟是度日如年的煎熬。我開始在意他的一舉一動，每一個反應表情，每次受傷都像是要把我的心在高空懸吊。只要他好，我便開心。

後來我才知道，那種感覺，叫做喜歡。

縱然他整日面癱，還開了令人無語的玩笑還一臉正經，我還是喜歡他。我終於明白，愛這種東西，來的時候從不會提前告知，在發現時已經陷進。沒有什麼理由，也無所謂值不值得。

就在我穿破屋頂，浮粉揚飛的瞬間，是他接住了我，從此，接住了一生的注定。

阿胤伸手撫了撫我的髮，他的指尖也涼得可怕，我想抓住他的手，他卻躲開。

我沒有在意他剛才異樣舉動，雙眼晶亮，企盼地看著他。如果他也喜歡我，應該懂我話裡的涵意。

「或許，妳應該忘記我。」阿胤的目光悠遠，淡淡吐出這句。

彷彿被別人一掌捏住了心臟，我震了震，問：「為什麼？」

難道，他不喜歡我？那麼，他數次無私守護，只是因為守護者對畫魂師的義務嗎？

還是，他已經忘記了我和他的患難與共？

怎麼可能忘記呢，阿胤。在染荷的幻境中我替你受了一棒；在楚蝶衣的幻境裡，你代我擋了一劍。如果你連這個都能忘，還有什麼是難忘的？

阿胤還想說話，忽然悶哼一聲，踉蹌倒退幾步，身影在月光下竟變得有些透明。我踏前一步想再次抱住他，卻抱了個空。

「阿蘅。」阿胤又退開了兩步距離，我們不知不覺都在屋外，他無奈看著我，道：「我已經死了。軀體被毒素化成了灰，我只是個無主孤魂。」

死了。來見我的只是阿胤的魂魄，我只是還抱著最後的希望，只要軀體還在，我就可以想辦法讓他活過來。可是他……

想到這裡，我已經撐不住，整個人跌在地上，心已經痛得快要窒息。阿胤……原來我剛剛抱到的你，也是你拚盡全力凝出的一個軀體嗎？

上天怎麼可以這麼殘忍，我和他才分開幾天而已，連最後一段陪伴都不肯給，再見時已澈底陰陽殊途？

阿胤想扶我起來，對我伸出了手，但才觸及我的手臂，卻無力地穿了過去，他已經沒有力量再凝聚成實體的樣子觸碰我。

「你死了……」我不知道要怎麼哭才能宣洩我的難過，終歸無法救他，我始料未及。我不知他死了幾天，但我知道他總有一天還是要輪迴，低問：「什麼時候走，什麼時候下次投胎？」

「我不會走。」他凝視著我，「我會留，一直一直看著妳。」

「放棄輪迴嗎……」我低低說著，忽然想起一件事，霍然起身，「阿胤，不可以！」

放棄輪迴本就是逆天而行，若沒有被畫魂師畫起，將會湮滅於天地之間。我不希望他如此，絕不希望！

「如何不可以呢？」阿胤輕輕說：「像楚蝶衣那樣，以虛人之身相伴，即使妳忘了我，又何妨。」

我不能放任他如此。與其讓他魂飛魄散，還不如我親自畫他。可是我如何忍心……袖下的手不知不覺握緊成拳，指甲在掌心刺出一彎血痕，我卻感覺不到痛。我不知道我耗了多少力氣才能讓自己不哭出來。

「你給我走。不要逼我畫了你。」看著眼前半透明卻是我一生心繫的青年，我雙眼赤紅啞聲命令。

如果他肯去輪迴，至少我還有機會碰到他的來世，他不記得我無妨，我只是不希望他為了我毀掉自己。只要他走，我會當自己從沒來過，然後在心底永遠記住他。

「妳畫吧。能得到妳為我造出的幻境，縱然最後是永困紙中我也願意。」他含笑對上我的眼睛，眸底平靜一如初見。

我沒想到他會那樣回答，一時怔住。阿胤還是不肯放過我，以念力驅起我腰間的畫魂筆，放到我手中。筆尖勾住他的魂牽，我拼盡全力才不被吸進他的憶境中。

笨蛋，如果我進了你的憶境，你就要被畫起了呀。我看著他。阿胤，不要逼我去選擇，好不好？

他循循善誘，「妳不是想知道我的過去嗎？過來。我可以告訴你。」

我咬住嘴唇。才不要用這種方法知道你的過去，才不要……

思緒瞬間被牽引得很遠，遙遠的以前，君陌宸的王府中，我從阮氏的屋裡出來，穿過拱門，看到榕樹下等著我的冷面抱劍青年。

旭陽，小河，紫木簪，滿地榕樹葉，一切在記憶裡還很清晰。我問他，告訴我，姐姐的事好嗎？他說，他沒有勇氣，要我等他。

那個青年，現在站在我面前。他已有勇氣告訴我，我卻沒有勇氣聽。

「身為鬼魂，如果不能輪迴，註定要被畫在紙中的話……」阿胤依然溫柔注視著我，輕輕道：「我期望，那個人是妳。」

即使束縛他的是一個虛假的我，他也無怨嗎？我閉上眼睛。

力氣終於懈下，我被吸進了他的憶境。

水，滿滿的水從腳尖漫至小腿，一路漫至腰，再漫到胸口。水不停歇在漲，驚慌的呼叫聲在波濤裡忽隱忽現，水上漂浮不少鍋碗盆等等家用物，看來是水災現場。

我在水漫至頂之前抓住了一個浴桶，半身隨著水浮起。我冷靜地尋找著熟悉的身影，奈何人海茫茫，滿目都是漂浮物與水光，我竟找不到想找的人。

長時間泡在水裡讓我漸漸慌了起來。那一日在韓儒謙憶境裡，一樣是滿目水澤，阿胤就這樣躺在我懷裡，我卻一點辦法也沒有。就如現在，我還是一點辦法都沒有。平常我小聰明一大堆，今日我只能隨波逐流，四顧茫然。

「姐姐……」

不知道漂浮了多久，一聲軟糯的呼喚鑽進耳輪。我敏感地豎起耳朵，那聲呼喚不尋常，雖無法確定到底是不是阿胤，我還是游了過去。撥開半路上的障礙物，一個綁著整齊總角的小男孩赫然在眼前不遠處浮浮沉沉。

他被凍得雙頰蒼白，眉目鮮明清秀，頭髮因營養不良有些焦黃之色，瘦削的臉型稚氣未脫，卻依稀可以勾勒出長大後的俊朗樣貌。這是阿胤的小時候。好不容易找到他，我有些急切地向前，想早點碰到他，卻被水流阻得一陣踉蹌，險些滑倒。

我第一次如此深刻地怨恨水。

小小的阿胤口中一遍遍呼喊著姐姐，一聲比一聲嘶啞，倉皇無措，顯然是喊了好些時候。我心疼不已，好不容易從後面挨近他，張開雙臂用力將他攬進懷中。

懷裡都是骨頭的觸感，瘦得沒幾兩肉，原來他的小時候那樣苦，不似我，從小豐衣足食，卻總是傷春悲秋羨慕著旁人。小阿胤在被我攬住之後停了呼喊，從側面看過去鼻頭輕聳，眉淡淡攢起來，「妳不是姐姐。姐姐呢？」

我心中一凜。這時候的阿胤不可能認得我，他的反應很正常。剛剛情不自禁，直至現在才想起，身在幻境，不能讓幻影看見自己，否則容易啟動攻擊。我心下惴惴，小心翼翼地回答，「我沒看見，我帶你去找她，好嗎？」

說完，抬頭看了看天。藍天還是藍天，洪水還是洪水，沒什麼異變。我心中驚異，隨即想起，是阿胤主動將我吸進他的憶境，又怎麼可能攻擊我。

想到這裡，一股熱意突然衝上眼眶。

小阿胤對我竟沒什麼心防，主動來拉我的手，「妳是好人。我相信妳。帶我去找姐姐吧。」

我勉強一笑，空出的左手悄悄將淚擦去。

要找阿胤的姐姐不難，畢竟這裡只是幻境，憶境裡的主角都有特殊的氣息，只要循著氣息，多半便能找到。所以，我對小阿胤說可以帶他找姐姐，並非空口白說。只是雖然我可以找到他姐姐，我卻不想那麼快幫他找到。等到憶境崩塌，我將他畫入紙中，我倆此生便不復再見。這是我的貪念。能和他多相處一刻，是我僅剩的心願。如果可以，我真想這樣在幻境裡與他一生一世。

小阿胤不太會鳧水，我帶著他，在大水中難免吃了幾口水。我心疼他，好在我們運氣不錯，在混亂中竟撿到一艘小船。我將阿胤抱上船，確定穩妥後，小心爬上去。閉目凝聚念力，取畫筆幾番比劃，一雙船槳立刻拿到手中，緩緩地划。小船順水而下，速度快了許多。

直到小船擱淺，已經是隔日黎明。小阿胤跳下船，看著我持槳的手，目光複雜，欲言又止。

我收起船槳，伸手就來牽阿胤。阿胤順從接過我的手，他的手極冰涼，凍得我一抖。我心中不忍，按著夙煙蘅給我的記憶功法調動體內的氣息遊走全身，偷偷將溫暖渡給了阿胤，漸漸的，他的手掌慢慢有了溫度。

一路無言，小阿胤亦步亦趨跟著我，薄唇緊抿，倔強一如長大時的模樣。良久，他突然發話，「小姐姐，妳剛剛划水的姿勢跟我姐姐有點像啊。」說一半吞了吞口水，斟酌用詞，「只是……好像笨了一點。」

「……」

這熊孩子，掉我面子是吧？

回頭想了想，我划船的技術是阿胤教的，想來阿胤是他姐姐教的，所以，我划船的姿勢像她姐姐亦不是什麼奇怪的事。我苦笑一聲。我資質不好，當然笨拙。端午節賽龍舟那天，我拖了柳思和阿胤不少後腿。想來還真是慚愧呢。

阿胤十分在意他的姐姐。見到楚蝶衣時，他的態度都很異樣。凡是關於他姐姐的人事物，都會觸動他的心弦。我很好奇他的過去，也很好奇他姐姐是什麼樣的人。其實心中還有點不服氣與小吃醋，我想，到底我和他姐姐，誰比較重要。而這個答案，在我帶著小阿胤找到他姐姐之後，便會分曉。

第二十八章　同往

我與小阿胤徒步跋涉，腳下路程綿延千里，我們已經走了數個月。

由於我們二人是隨著難民人流一路北上往仙鏞城的方向，本來想讓阿胤舒適些，幫他變一個馬車坐坐什麼的，但是考慮到在眾目睽睽下，突然變出這樣一個龐然大物，恐怕會被當成妖怪。關於古代愚民的信仰，從各類小說電視劇可以猜知一二，要是被以為是什麼妖魔鬼怪，被綁起來燒死都有可能。我不怕死，怕的是沒能將小阿胤送還他姐姐身邊，改變了憶境裡的歷史。

柳思曾跟我說過，擅自更改憶境歷史，等於篡改魂魄的記憶。篡改記憶在某些表面角度上來看並沒有什麼不好，只是凡是皆有因果，今天你將一個魂魄記憶裡的一個悲劇避免掉了，卻不能保證會間接造成什麼更大的悲劇。萬一鬼魂本身還沒有什麼大怨念，被篡改記憶後，變成一個毀天滅地的厲鬼，那我們畫魂師將難辭其咎。

不過，想要篡改記憶還不是說說那樣簡單，畢竟鬼魂多少會對侵入記憶的外來者存有敵意，外來者一旦被發現，被攻擊是肯定的，就看你有沒有足夠的武力值活著出去。不過這一次我進入阿胤的記憶，照理說，這個時間點的阿胤應該不識得我，若是啟動防衛機制，我也不會意外。

可從我遇到小阿胤，至今風平浪靜。

代表著，他從未將我當作外人，他對我的在意，就刻在靈魂深處。

刻在靈魂深處嗎……

恍恍惚惚想起進入憶境前，阿胤那張帶著複雜情緒的臉，他說，或許我應該忘了他。那時我不懂，不懂他明明對我有所不同，最後卻要把我推開。直到現在我才明白，他是不願我受到任何傷害，哪怕那個傷害是因為他。

「小姐姐，妳怎麼了？」感覺到我的腳步放慢，小阿胤不明所以，抓住我的手用力搖了搖。我這才回神，抬手輕輕一抹，眼角點點餘熱。

雖然知道眼前的是還不懂世事的小阿胤，在他面前流了眼淚，我仍是覺得有些丟臉。吸吸鼻子，我強顏笑了笑，用了一個非常爛的藉口，「沒什麼，沙子迷了眼睛。」

又行了數日，仙鏞城已近在眼前。當仙鏞城的城門映入眼簾，小阿胤看我的眼神突然有些異樣，那異樣我解讀不出來，我也無暇去管，感受著屬於阿胤姐姐的氣息線索，放開阿胤，微笑指向城門，「你姐姐住在這城裡，我不方便進城，便陪你到這裡，你自己進去，好嗎？」

不想小阿胤的臉色卻變了變，上前又拉住我的手，「不嘛，姐姐陪我進去。」

我一奇，奇的不是他的臉色變化，而是他的稱呼。怎麼突然從小姐姐變成姐姐了？

小阿胤的臉上閃爍著不符年齡的凝重，湊近我輕輕說道：「現在開始，我是妳弟弟。」

明明是稚嫩的一張臉，我卻無端想起長大的，那個不苟言笑，冷若冰霜的阿胤，當聽到他甜甜地喊一聲姐姐，雞皮疙瘩直竄上皮膚。

救命啊，這人設的崩塌感是怎麼回事……

拗不過他的請求，我帶著阿胤進了城。

仙鏞城畢竟是越秦朝的首都，城門口戒備森嚴，身為一個外來者，合適的盤查文件是沒有的，這樣身分不明地進去，肯定會招致麻煩。我深吸一口氣，好人做到底，送佛送到西，阿胤小鬼頭的身分證，我也一併幫他辦了。

袖下的手幾番偷偷變幻，再伸出來時，手中已多出了兩張通行文件。兩張文件分別寫了我和阿胤的名字，上頭璽印宛然，只是在兩者身分欄上，寫的不是姐弟，而是……

城頭的守兵看了文件之後，怪異地看著我，那神情像是在看一個強搶民男的女強盜。我心中猛然升起萬丈豪氣，昂首挺胸，「看什麼看，這世道允許男人有童養媳，還不准女人有童養婿了？」

後面的小阿胤一呆，附近聽到的路人們也一呆。

守兵瞠目結舌，雖然覺得驚世駭俗，但是看在文件不似作偽，仍是放我們進了城。

憶境裡的時間點略早於染荷的時代，我曾與阿胤在染荷的幻境中生活三年，對此地瞭如指掌。帶著阿胤熟門熟路穿過大街小巷，直至行到一座規模頗大的府邸面前，這才停下腳步。

阿胤他姐姐的氣息，就消失在這扇門的深處。我抬頭看向府邸。這具身體身高不高，抬頭看相對的頗為費力。府邸門口的色調呈古銅色，青藍色的屋簷下一張漆黑牌匾，上頭的字卻是純金寫就，大大篆體寫著蘇府二字。

我回頭看了看小阿胤。難道他修仙之前，其實出身不凡？

此時蘇府大門緊閉，兩扇木門隱隱透著實心木料的香氣，而門的中心兩側一對金錫獸面錫環，此刻正安然垂放。門的兩旁掛了兩盞紅紗燈，風動之下微微搖晃。

我有些心怯，可畢竟線索絕於此處，我不得不與之交涉。一步步拾級而上，我拉起鐵環，對著門不輕不重敲了三下。

轟隆一聲，沉重的木門被從裡拉開，從中裂開的細縫探出一張嬌怯怯的臉，一身婢女打扮。

「妳是誰？來這裡幹什麼？」

我綻開和善的笑容，意在降低對方的戒懼，「有個小娃娃說是貴府的人，你們可不可以通傳一下，叫大人來辨認辨認？」

婢女將信將疑地探頭朝我身後看了看，與阿胤的視線一對上，雙目陡然一瞠，砰的一聲把門大力關上，那聲音大得我下意識往後一仰，小阿胤立時上前來扶住了我。

我覺得莫名其妙，瞪著眼前的門嘟囔，「什麼情況啊，一驚一咋的。」回頭朝阿胤試探性問道：「先走吧？看來府裡不歡迎我們。」

小阿胤沒有回答，目光緊緊盯著門口，眼眶微微發紅，抿著嘴，表情倔強，沒有要走的意思。

我耐心陪他站在原地等待，不知道過了多久，門再度被打開。這次開門的卻不是剛剛見到的冒失婢女，竟是一個衣飾華貴的侯門小姐。我心中一凜，一直要找尋的氣息就近在咫尺，竟就是傳說中，阿胤時常同我提過的姐姐。

「阿離！」

少女的嗓音有些沙啞，沒有想像中養尊處優的清澈嬌甜，雙手胡亂摸索，毫無儀態地奔出來，觸到台階，險些摔倒。

我驚訝地看著她。她面貌富態，薄施脂粉，白皙的皮膚血色極少，前額髮絲上梳，露出端方的額頭，不是多麼驚豔的美貌，卻有一股難言的端麗，彷彿是古畫裡走出的仕女。只是突兀的是，她一雙眼睛覆以白絹，且從她走路神態來看，她看不見，是個盲人。她身子因為絆到台階而不穩，阿胤連忙搶上前撐住她，「姐姐，我在這裡。」

身旁突然間空蕩蕩，我愣愣看著眼前溫馨的姐弟團聚，心裡百感交集。

終究他對姐姐的依賴，大於我啊。

嘴角無力地勾了勾，我轉過身，逕自離開。當拐進蘇府旁的一個小巷前，我卻不由自主，又往蘇府大門望了一眼。

斜斜從側面看過去，蘇府的大門已經緊閉，深處晦暗無光，乍看之下，竟像一頭吃人的怪獸，前一刻進去的人語笑晏晏，形態鮮活，卻不知道在哪個以後，會變成一堆森然白骨被吐出來。

想到這裡，我打了一個大大的寒噤。

轉身的剎那，巷口卻不再是巷口，從低頭到抬目的一個起落，景致驟換。

人聲陡然紛雜，像是突然被打開的電視機，光彩斑駁了後清晰，入目處重樓飛簷，端莊大氣的豪府模樣。無數婢女家僕衣飾整齊而統一，或手提食盒，或合抬巨箱，來來去去好不熱鬧。我一時搞不太清狀況，呆愣著吶吶忘言，直到一個中年女人將我的肩膀大力一拍，斥道：「妳是芙蓉院的新人吧？愣著幹什麼？馬上就要開宴了，妳還兩手空空傻站著，小心觸怒了貴人！」

「……」我這是在蘇府中？

低頭看了看衣服，不知道何時變成了翠綠的婢女服飾。我眼珠子一轉，聲音放軟說道：「離少爺托我出來取些點心給小姐，只是我不識路，迷在半途。姐姐給我指指路好不好？」

女人最在意的莫過於年齡與稱謂，想來我這一聲姐姐喊得對方甚是受用，中年女子假意嗔了一句，「妳個小蹄子，新人而已，套什麼近乎？」面上卻笑吟吟地牽了我的手帶路。

我靦腆笑了笑，心裡飛快思量。

剛剛試探她沒什麼異狀，想必芙蓉院裡就是住著阿胤和他姐姐了。不知道現在是哪個時間點？剛帶阿胤回蘇府的時候，下人的反應有些奇怪，看來阿胤長時間失散在外，案情不大單純……

「喏，就是這裡，認好路，別再迷路了，可沒人像我何姐一樣好心帶著妳。」何姐帶完路扭著腰快步而去。

我在她離開之前不忘道一聲謝，抬頭一看，眼前的景象讓我又是一愣。

明明是豪門宅邸，在曲徑通幽裡，卻突兀地座落了一棟小木屋。

我心中奇怪，不過橫豎自己一時半會也出不了蘇府，大著膽子上前推動木門。門沒有想像中的破敗，反而沉重堅實，我花了不少力氣才將木門推動一點，卻有一絲聲音從門裡透出來，「姐姐，不要喝了好不好，還會有其他辦法的……」嗓聲帶有少年還未變嗓的柔細，正是阿胤。

「傻瓜，我這是在救你呀。」微啞的聲音看來是阿胤的姐姐無疑，我不知道他們現在什麼情況，手下加了一把力，門終於一鼓作氣推開。大量木屑紛飛，屋裡的聲音戛然而止，我直面與屋內的兩人相對。

阿胤的姐姐依舊是雙眼覆著白絹，聽到聲響，即使看不見，一張富態的臉仍是轉了過來，透著疑惑。她手裡托著一個湯碗，碗裡黑乎乎的藥汁，本來已經湊到唇邊，被阿胤擋住。

「小姐姐！」

小阿胤馬上認出我，彷彿是看到了救星，「幫我勸勸姐姐，藥裡有毒，她偏要喝！」

阿胤又長大了一點，看起來十一、二歲的模樣，我心中一窒，來不及思考為什麼眼前的姐弟對我的到來毫無牴觸與戒備，身體比思考快一步動作，上前去搶下了藥碗，「怎麼回事？」

阿胤咬緊嘴唇，「府裡有人想殺我，好多次都是姐姐幫我擋了，可這毒姐姐受不住，已經沒了一雙眼睛，還差點壞了嗓子……」

姐姐一聲苦笑，「若我不喝，怎麼瞞得過蘇侯？你甘心一輩子在府裡提心吊膽嗎？」

我丈二金剛摸不著頭腦，「到底什麼情況？」

姐姐循著聲音朝我望過來，「妳是帶阿離回來的那個好心人吧？我叫蘇繡，阿離的身分有點複雜，他母親囑咐我護好他。湯給我，我若是不喝，一切都會功虧一匱的。」

我只覺得一陣大力將我手中的藥碗往回奪，來不及阻攔，蘇繡已經將藥湯灌了下去。一聲悶哼，蘇繡摔開藥碗，捂住眼睛跌到榻上。

阿胤悽聲喊道：「姐姐！」

「……」我無語地看著眼前的荒謬景象，在小阿胤的哭喊中，蘇繡掙扎著爬起身來抓住我的手臂，「不好意思，又要勞煩一次妳……幫我一路喊出去，鬧得越多人知道越好……」

用生命去宅鬥，好拚命一女的，可以和楚蝶衣匹敵了。我瞠目結舌，點了點頭，「好。」

蘇繡聽到我應聲後終於鬆手，我立刻狂奔出門。

一跑出木屋，我往人多的地方跑去，毫不避人，一連撞翻好幾個，將府裡弄得人仰馬翻，扯起嗓子就叫，「快來人啊，小姐中毒昏倒啦！」

我橫衝直撞，闖進一座華麗大廳，兀自發喊，直聽到一聲暴喝，「放肆，哪家侍婢如此無禮！」

我被門檻絆了一跤跌在地上，止了叫喊，一雙眼睛大膽環顧四周。這應該就是何姐所說，今天要在蘇府裡舉辦的宴會，侯府裡辦的宴會定然盛大，今天被我攪局了。鬧到這裡，我不算辜負蘇繡所托。

宴會設了一個高台，台上站著一個中年男子，應是傳說中的蘇侯。他面容鐵青，看到我的衣飾後臉色大變，「妳說，繡兒怎麼了？」

「阿叔！」門外傳來一聲沙啞的呼喊，我爬起身來回頭，便見阿胤扶著臉色蒼白的蘇繡走進來。

蘇侯看到小阿胤，臉上寫滿深深的嫌惡，又很快壓了下去。蘇繡弱柳扶風一步一步走進廳裡，待走到場中，輕輕推開阿胤，驀然對著蘇侯遙遙跪下，「繡兒有一事，還請蘇侯成全！」

這下子變起俄頃，只要地位崇高，其中軼事就越讓人感興趣，廳裡的重臣命婦，不禁交頭接耳，八卦了起來。

我凝神細聽周圍人們的心音，眾人竊竊低語聲合在一起，極其嘈雜，費勁心力才在聲音的洪流中找到一些訊息。

「我還道蘇家五小姐怎麼莫名其妙就瞎了呢，敢情是因為中毒，誰下的手，這麼狠心。」

「聽說蘇侯極不喜歡外頭抱來的離小少爺，看見他的表情沒有，莫不是被綠了才……」

「前陣子蘇家外出祭祖遇到大洪水，小少爺給弄丟了，本來以為已經死在外頭，沒幾個月又竟然毫髮無損地被帶回來了，你說邪不邪門？」

「中毒？明明是在離少爺裡的膳食加了點東西，說好了一年內病故，為什麼中毒的卻是五小姐，還好死不死，就在這個時候病發了？」

「聽說蘇侯納的孫姨娘特別殷勤地往芙蓉院裡送東西，五小姐現今身體抱恙，恐怕……」

蘇侯臉上陰沉仿如烏雲密布，雖然不知道蘇繡還在如此的大日子發難是有什麼目的，但如果他強壓此事，卻又顯得欲蓋彌彰。他揉了揉額，掩飾暴起的青筋，「說。」

「我願自請出府。」蘇繡用力磕頭，沉重的撞擊猶如敲在在場每個人的心上，「繡兒知蘇侯極盡關愛，不勝惶恐。本以為生活在侯府角落可以避開府裡的那些腌臢，沒想到，我不犯人，人卻要害我，這毒，下了甚久，繡兒想活，不想再被步步緊逼，求蘇侯放過繡兒……」

說完，口一張，黑血吐在鮮紅的地毯上，觸目驚心。蘇繡軟軟地向後倒去，我離得最近，搶上去接住她，小阿胤撲在她身旁撕心裂肺，「姐姐，妳的毒快治啊，妳的毒快治啊！」

看著地上楚楚可憐的少女，我心中又一股隱隱的疑惑，感覺自己遺漏了某個東西，讓眼前的情節看似合理，其實又不合常理。

眾人各懷心思，我卻突然感到一陣凜冽寒意。我睜大眼睛環顧大廳，各個繡工精緻的門簾角落，有一個人形的起伏，微風吹起，若隱若現數點寒光。小說電視劇看得多了，我立時反應到那是什麼，忍不住喊道：「大家小心，有刺客！」

話聲剛落，但聽刀兵短促之聲，簾子驟然掀開，無數黑衣刺客如雨點，瞬間飛到空中！

刺客飛到空中的剎那，場面亂成一團，驚叫聲此起彼落。我第一時間想到的是阿胤的安危，上前一步，張臂將他護在身後。

以往都是他保護我，現在，換我保護他。我心中柔腸百轉，環目四顧謹慎戒備，卻見蘇侯朝著我們的方向疾步而來。

蘇侯與蘇繡的關係我還沒整理清楚，只知道他極不喜歡阿胤，倉促看到他趨前靠近，雖不知道他來意是善是惡，仍是上前擋住了他，「你想做什……」

這個麼字還沒出口，蘇侯卻看都沒看我和阿胤哪怕一眼，抓起蘇繡的手腕就跑。蘇繡身體虛弱，被驟然拉扯，跌跌撞撞跟隨著他的腳步朝後堂奔去。我與阿胤呆若木雞，待蘇侯叔侄二人的身影即將淹沒在茫茫人群，我一聲大叫，「喂，你幹嘛？」

刺客的到來，目標卻不明確，我猜想蘇侯想趁亂帶著蘇繡去安全的地方躲避，而我與阿胤一直處在危險地帶，待得時間長了，我也不能保證自己與阿胤不被誤傷。事不宜遲，我幻出短劍握在手中，將阿胤護在懷裡，空出來的右手左撥右擋，朝蘇侯的背影直追而去。我舞劍的手法十分拙劣，不少利刃穿透我舞出的劍網划在身上，衣裳破敗，卻不能將我的皮肉傷到分毫。

我心中驚異，轉念想起，神族龍女告訴過我，我的原形是她所配戴的一顆神石，神石堅硬異常，非神兵利刃不能傷。想到這裡我更無所畏懼，硬扛下許多攻擊突圍。

人群稍少，我終於再次尋到蘇侯與蘇繡的背影。意識到被我追蹤的蘇侯，臉色陰沉，抬掌一揮，熾烈的風揚起，如刀刃朝我當面劈來。沒承想蘇侯位居高位，竟是一個武功高手，心中駭然之間，蘇侯二人的距離轉瞬又被拉遠。

這次不敢再明目張膽靠近，漸漸的，我與阿胤被無數刺客逼到牆角。眼見我肉身之軀無法再保阿胤周全，我咬了咬牙，一手擋住阿胤的眼睛，催動神女教給我的法咒，迅速築起一個結界，將我二人護在其中。

「小姐姐妳這是？」被我遮擋的雙目異常明亮，陡然間混入我不知道的情緒。

我柔聲安撫，聲音羽毛般輕，「阿胤，不要看。」

我有預感，既然進來阿胤的憶境，讓我看到這歷史性一幕，肯定不是等閒小事。剛剛變起緊湊，我一直沒有餘裕好好整理思緒。好不容易緩了下來，一個疑問才在心底漸漸明晰。

阿胤告訴過我的。他的姐姐，和楚蝶衣同樣的命運與結局。可為什麼我從這個時間點切入，看到的所謂的他的姐姐，是一個病弱的侯門小姐？

難道……

內心一個恐怖的猜測令我雙目大瞠，轉目再望向蘇侯的方向。但見一個刺客掠過蘇侯叔侄的身邊，身體卻猛然以不可思議的角度扭曲，揮刀就朝著蘇侯砍下。

可這詭異的突襲豈能傷到蘇侯，縱然空手，面對襲擊仍是游刃有餘，順手一拉一扭，頓時扭脫刺客的關節。而他下手雖狠，卻顯然不想奪人性命，出掌一推，便將刺客推開幾步。

蒙面刺客的眼神極是疑惑，可身體詭異一扭，手中刀又朝蘇侯遞到。蘇侯已經有些不耐煩了，可不應對，他沒餘力帶蘇繡出廳。莫名其妙的戰鬥就此開啟，蘇侯被動接招，身後的蘇繡直喊，「阿叔小心啊……」

蘇侯背對著蘇繡抵擋刺客進攻，明明在外人看來，是一齣感人的叔侄情深，我卻覺得一陣發冷。蘇侯騰挪之間露出空隙，我看的分明，蘇繡雙手五指靈動，似有細絲在其中浮沉，彷彿在表演一場傀儡戲。她面上的表情也不如聲音上的情切關心，不知道是不是錯覺，我竟在其中感受到了她散發出的陰冷殺氣。

來往交換了幾招，蘇侯眉頭又是一皺，身法漸漸遲滯，就如誤入蛛網的蝶，拍動著鮮豔的翅膀拼死撲騰，力氣卻被寸寸蠶食，直至無法動彈。蘇侯趁亂回頭，看見蘇繡蒼白卻一反常態的神情，愣了一愣，「妳……」

噗的一聲，刺客的刀已經從後背穿透了心口。突來的劇痛模糊了神智，即將崩潰渙散的瞳孔將蘇繡毫無表情的臉勉強映射。

蘇侯口中與傷處鮮血狂冒，眼珠暴突，滿臉的不可置信。他怎麼也無法想到，他機關算盡，竟死在自己極度信任的姪女手上。他以為他是局外執棋的那人，卻不知自己身在局中，一步一步走入死門。

咬緊牙關，在生命的最後數息，蘇侯大掌探出，對著蘇繡眼上白絹就是一扯。蘇繡想要閃躲卻來不及，白絹飄落，露出一雙黑白分明的眼睛，顧盼之間卻冷厲至極。

「妳……妳不是蘇繡！」蘇侯得到真相，聲音粗噶，可一切為時已晚，他瞪著眼珠，朝後倒了下去。

她……根本沒有瞎。為了隱藏身分，只能用計遮住雙目。所以她佯裝自己為了保護阿胤服毒瞎眼，再利用我擾亂局勢，目的就是在此刻神不知鬼不覺，殺了蘇侯？

看來不只是我，連阿胤也是她手中的棋子。想到這裡，我眉頭一皺，同時在心底慶幸，好在我遮住了阿胤的眼睛，若是讓他知道真相，那得多傷心啊。

像是感受到我的視線，蘇繡驀地轉頭對上我的目光。那瞬間彷如觸電，我心頭一震，倒退了一步。

她是個狠人。她對別人，甚至對自己都狠。雖說瞎眼是假的，中毒卻是真的。為了達到目的不惜毀傷自己的身體，沒有任何的優柔寡斷，她是個非常合格的刺客。

眼見她又拾起白絹，抖落灰塵，若無其事地戴上。她抱住已斷了氣息的蘇侯，表情驟然淒厲，從冷漠到肝腸寸斷的情感轉換不過彈指剎那，堪比影后，「阿叔！阿叔你醒醒呀！」

嘈雜聲失去控制越滾越大，白光像過度曝光的底片扎得我眼疼，我被激得閉上眼睛，等再張開雙目，手中已空空如也。

是阿胤與蘇繡所住的小木屋裡，深深長夜，蘇繡點了油燈，正在細細縫補衣裳。

已經知道了她的真面目，忽然轉換畫風，我無法相信她現在擺出的溫婉樣子。她還想做什麼？即使知道阿胤的未來，我卻不由自主為現在的他懸心。

那一眼令我至今心有餘悸，躲在窗外不敢發出半點聲音，那眼神使我深信，她知道我探得了她的祕密，如今再見，恐怕她會殺我滅口。從窗櫺的間隙往裡看去，但見一名褐衣男子站在蘇繡身旁，側臉清臒，鼻頭高聳，端正的法冠，薄唇緊抿，別有一番骨感美，卻顯而易見不是阿胤。

他緊緊盯著蘇繡一針一線將微破的童衣縫補完全，眼神逐漸銳利。

「蕭修大人，你夜訪敝舍，就是為了看小女子縫補衣裳？」縫畢將縫線咬斷，蘇繡嘴角微彎，折好衣裳站起身來。她這一起身，不知為何氣場驀然變得肅殺，彷彿變起生死，將會在這數息俄頃之中。

「真不想相信那是妳。」名喚蕭修的男子表情微妙，看著女子像是惋惜又像是痛心。

「大人說的話是什麼意思。」蘇繡捧起衣裳，轉身往衣櫃走去。

「仵作查驗過了，蘇侯致命傷是從後背刺進心臟的那一刀。但是……」蕭修緊盯著對方婀娜的背影，極盡全力似是想在其中捕捉到任何震動，「他的皮膚有被絲狀物勒過的細小痕跡，蘇侯武功極高，人盡皆知，就算是從後偷襲，區區刺客怎可能殺得了他。真正殺他的另有其人。」

我屏住呼吸，看來蕭修智商不低，明明不在暗殺現場，卻已經知道真相。可是他為何要選在這夜深人靜時候對蘇繡攤牌？他可知，蘇繡殺人毫不手軟，要是知道他查出真相，可能連命都會沒有？

聞言，蘇繡不為所動，笑了一笑，仰頭深吸一口氣，緩緩道：「是嗎。所以真正的兇手……是誰呢？」

「真正的兇手……」蕭修小心翼翼，雙手攏在袖中，沉沉發話，「是妳吧。」

話音剛落，極其細微的一窸窣，蕭修臉色驟變，向後閃身一退，攏在袖中的雙手平舉到胸前，彷如作揖，雙手一分，電閃之間一聲長吟，一截破敗的鐵刃錚的一聲掉落在地。

男子臉色鐵青，迅速欺上前去，步法呈蛇行彎繞至蘇繡的身側，意欲肘擊蘇繡後肩。蘇繡靈巧地轉了個身，蘭花指一捻，似是有一個無形的長鞭擊得對方身形一個踉蹌，可他忍住痛楚，探手撈中蘇繡的手腕，彼此前後格擋搏擊，最終以極貼近的姿勢將蘇繡壓至牆角，而縛眼的白絹也在混戰中被扯下。

「你倒是知道怎麼找地方。」蘇繡被制，卻毫無驚慌之色，嫣然一笑，「可為什麼來調查我的是你呢？你這麼好看，我可捨不得殺了你……」

一縷血線從蕭修的肩膀透出來，染紅一方衣衫。不知道是不是因為和她貼得太近，蕭修臉色微紅，聲音沙啞，「千人千面，千絲百劫。你果然不是蘇繡。真正的蘇繡，已經死了吧？」

不知為何突然聽到一個微弱模糊的心音，「如果說，其實我就是真的蘇繡，你信嗎？」

我心頭瞬時漏跳了一拍。

「知道得太多可是會招來殺身之禍的。」蘇繡面容一冷，出掌將蕭修推開，「你走吧。別想著來抓我，否則……」

我摒住呼吸不敢動，凝神看著房中，不知道身後有一道陰影跳動著走近。待得我反應過來，眼前已被一雙手遮蔽，阿胤天真的聲音響起，「小姐姐，你躲在這裡幹嘛呀？」

我暗道一聲糟糕，木門被砰地砸開，蘇繡身如鬼魅，竄出房門，強大的殺氣撲面而來。我嚇得站起身來，舉臂橫胸，意圖自衛，如泰山壓頂，那一瞬間呼吸困難，腦中一片空白。

阿胤再怎麼遲鈍，看到蘇繡如此神態也該知道她想殺我，心中震駭之間，當下能做的只能奔上前將蘇繡攔腰抱住，「姐姐！」

明明不是多麼有力的阻攔，卻成功讓蘇繡停下了腳步，表情莫測地看著我。我穩住身，因為久蹲之下腦袋有些眩暈，我搖搖晃晃上前一步，衝口說出一句話，「妳真的愛他嗎？」

蘇繡愣住。

我胸中有一股氣憤一股心疼，這份心情讓我置生死於度外，「阿胤全心全意信任妳，妳卻利用他達成妳的目的。妳知不知道，即使妳在未來死了，幾十年之中阿胤孑然一身，即使後來識得了我，他仍是念著妳。我幻想著妳是多麼美好的存在，可事實證明，妳根本不值得他這般惦念……」

「為什麼阿胤流落在外，卻是我送他回來？為什麼阿胤明明在蘇府中飽受針對，妳卻仍讓他留在府中承擔危險？為什麼滿大廳的刺客，妳卻放任阿胤在人群中？蘇繡，不是基於保護為目的的利用就可以視為理所當然。如果不是妳，阿胤不必受那樣的苦。」腦中的暈眩在我一口氣說完這些話後瞬間增大，我知道，我這些話間接透露了未來，這幻境，應該要結束了。

我就想呢，阿胤的小時候裡不可能有我，在我進來的時候，怎麼可能自然而然就成為其中一份子，參與這個歷史？

這裡嚴格來說不完全是阿胤的憶境，而是阿胤對他姐姐的執念造成的幻境。這就是為什麼我走進此境不會被排斥，這是蘇繡給我的一道考題。如果這些危險我有半分膽怯，我可能就會被殺死在幻境中。而阿胤，他會沉溺在此，就此忘記現實中的一切。這也是我對蘇繡如此生氣的原因，如果真的愛阿胤，不應該將他困在這麼可怕的過去。這樣對她和他都太殘忍。

是該結束了。阿胤可以記得，但應該放下。蘇繡是阿胤逃不脫的過去，我卻是他的未來。我現在的職責，就是帶他逃出來。

想到這裡，我恍恍惚惚彷彿醉酒，搖搖晃晃朝小阿胤伸出了手，「阿胤，過來。」

阿胤遲疑了一會兒，最終鬆開蘇繡，奔進了我的懷裡。

似千頃琉璃崩然碎裂，滿天星星點點在我眼前破碎聚合，數年物換星移，嘈雜的人聲來來去去，最後光芒凝聚成一個固定的畫面。

滿目刀光，我站在昏暗的胡同中。

阿胤已不在我懷裡。

眼前人影幢幢，無數軍裝打扮的男子各自持刀將一人合圍，看樣子是在追捕犯人。眾軍裝男子中先鋒一人，嚴正的法冠，剛毅的側臉，是我見過的，曾在蘇繡手下死裡逃生的蕭修。

我心中略一咯噔，凝目看去，被合圍的那個，果然就是蘇繡。強悍如她，如果她想，縱然蕭修抓到她的證據，應該仍可以輕而易舉逃走。為什麼會被蕭修帶人圍堵在巷子口？

「蘇繡，束手就擒吧。」顫抖著將長刀橫到蘇繡頸間，蕭修說出了捕獵者該說的終極台詞。刀刃黑亮，襯得蘇繡頸間瑩白如玉，被制住的女子毫無慌張之色，衝著蕭修嫣然一笑。她那一笑特別嬌媚，「阿修，你真的想殺我嗎？」

那一聲阿修，蕭修的表情一瞬崩裂。

見他沒有回答，蘇繡又笑了一聲，那一笑褪去所有嬌媚，遠遠看去有些淒涼，「聽著了。今天你成功擒住我，是因為我想，不是因為你能。今日擒我，大理寺少卿蕭修這是大功一件，日後平步青雲。那一定很好看。可是，我是看不到了。今日最後一面，蘇繡祝你，福體安泰，萬壽無疆。」

我被那一串複雜至極的情感剖白震得失神，突然驚覺，我所知道的蘇繡，可能不僅僅是我看到的那一面。蘇繡她，可能本來就不想活了。運起法力上前想不顧一切穿過人群救走她，卻見女子絕然朝蕭修刀口撞去。

還來不及衝過去便見漫天血霧，我大叫一聲，眼前驟然黑暗。

耳邊喧囂紛亂，模糊的影子來來去去，唯一可見是一個表情倔強的小女孩，在刀光血影中慢慢長大。

她是真正的侯府嫡女，一場水患她流落在外，最後被嚴密訓練變成刺客。

她曾錦衣玉食，也曾貧賤若草芥。她的人生猶如雲泥，大起大落。她從未有一個心安之所，只求能成為別人的庇護。蕭修如是，阿胤也如是。可是她從一開始便心知肚明，當一個殺人如麻的刺客愛上刑部大官，會有什麼結果。所以，在她了結所有事之後，獻出了她自己，成為蕭修官途上的墊腳石。

再張眼時，我腦袋有些混亂，不知所處之地是幻是真。我仍坐在巷角深處，而頸間一大片血痕的蘇繡，此刻就靜靜站在我身旁。

我看著已成鬼魂的她，張了張嘴，蘇繡沙啞的聲音卻先響起，「記著。若往後妳對阿離不好，我變成厲鬼也要殺了妳。」

我愣愣看著她，好不容易才發出聲，「對不起。」

連我自己都不知道自己在為著什麼對不起。

是誤會她對阿胤的用心？還是我……不小心將阿胤推進死地？

她的愛與楚蝶衣一樣，從頭到尾都對自己決絕。無論是對蕭修，還是對阿胤。

「對不起什麼？」看到我愧疚的表情，蘇繡啞然失笑，緩聲道：「凡事皆有因果。我未曾對不起任何人，也未曾有人對不起我。我這一生，就這樣吧。」

我聽蘇繡最後的一句話，就剩一句，就這樣吧。

第二十九章　拂音

蘇繡離開後，我又跌入另一層幻境。

這一層回憶，是屬於我與阿胤的。

他的故事除了小時候的那些，以後的我知道，我想知道的是我昏迷中所看不見的，還有我和他分開的這些天他是如何過的。

當日在漓回谷的寂滅妖林中，他抱著差點死掉的我飛掠千軍萬馬，本來面無表情的臉寫上了難得的茫然與驚惶，在我耳邊一遍一遍不斷說話。

「阿蘅，我雖然有點生氣妳要我去當徐宗武的替身，但也沒有要妳擋棒啊……妳不要死，我答應妳，妳說什麼我都做……妳如果死了我該怎麼辦，我該去守護誰啊……」

接下來他說的什麼，在狂亂的呼嘯聲中已經聽不清了。

意識有一剎那和他重合，原來他的心，是這樣的。原來他也喜歡我，也會擔心我的生死，會害怕有一天他沒人可以守護……

我不提早說，他也沒提早說。如果，我不是畫魂師該有多好。

時間跳到從韓儒謙憶境裡出來，我還在昏迷的那一段。

我看見玉微涯給阿胤一顆丹藥，阿胤比我先一天醒來，獨自來找玉微涯和柳思。

那時的他雖然靠丹藥勉強醒來，但身體很是虛弱，一張臉毫無血色。他見到玉微涯和柳思，神情還是淡淡的，說：「我的毒治不好了。麻煩幫我瞞住阿蘅，說我回南微宮了，然後，想辦法讓她忘了我。」

我摀住了嘴巴。他要死了還要惦記我的感受，這個大笨蛋！

玉微涯擰著衣角，皺眉道：「阿胤，你非得這樣嗎？」

阿胤別過頭，「不讓她知道，但她哪天知道真相，會痛。忘了我也是好的。」

柳思幾次欲言又止，最終還是沒有說話。

阿胤問玉微涯，「這丹還能撐多久？」

玉微涯嘆口氣，頹然道：「少則三天，多則十日，將毒發。」

阿胤恍惚一笑，「那應該便夠了。」

接下來便是我醒來，他對我第一次笑，我還以為他很健康，卻不知道他快死了，我甚至不能陪他。

然後，他不告而別，獨自回到南微宮，八天之後，他獨自對月飲酌，就在滿天璀璨星斗的地方倒下，死在我不知道的地方。

再然後，我還在以為他會回來找我。

回來啊……就算回來也不是我希望的模樣。

知道了全盤真相，淚水瘋狂洶湧而出，我掩住臉，指縫漫出水澤。都是我，是我害了他，如果不是他代我受了那一劍，他現在還是個長生的修真者，可能還可以成仙與天地同壽，至少他不會早死，至少他……

太多的自責，我已經發不出聲，哭得滿手都是淚。如果他最初沒遇見我，該多好。

阿胤，我何幸遇你，你遇到我，何其不幸。

「阿蘅。」阿胤的嗓子帶著混濁回音，我覺得像是被什麼東西包覆，「不要哭。」

我好不容易止住淚抬頭，看到的是一身柔和光暈的阿胤。

「從妳撞破屋頂被我接住的剎那，我便知道妳已經不是以前的柳蘅。妳很好。是妳讓我學會了不再冰冷偽裝，我終於知道了在意一個人該是什麼感覺。妳不必自責，害死我的從不是妳，而是命運。」

阿胤蹲在我身前，一字一字誠懇地安慰。我鼻頭髮紅，帶著哭腔回應，「你不會知道，我本來不是畫魂師，我來自你們不知的異世，所以每每出紕漏，是我害了你。我總是異想天開，說些莫名其妙的，你們一定覺得我很怪……」

阿胤微彎起眸，緩聲道：「妳說的那些，我都知道。大千世界有數億個凡世，妳能從那麼遙遠的地方過來，是緣分。我知道妳怕我們知道妳的來歷後會排斥妳，其實不會的。我該感謝，上天讓異世的妳離鄉而來，給了我們前所未有的回憶。」

阿胤過去冷漠寡言，我第一次聽到他說這麼多的話，愣愣地凝視著他。

這是我不知不覺便喜歡在意的人。如果這些肺腑之言在他死之前對我說出來，該多好。至少我們不會錯過了。

我口口聲聲要別人放了執念，卻沒發現，自己是最偏執的那個人。如果我成了鬼，尤其他畫魂師來畫，我會接受幻境嗎？

人間情曲折難言，最終仍不過放下二字。畫魂師以血魂鑄筆，書寫了一篇篇歷史看不見的斷簡殘章。然而，萬物皆有情，畫魂師自己又何嘗沒有屬於自己的執意？

而我的執意是阿胤，我為了他，情感上甚至想逆天而行。但理智上我不想害了他。

我沒有絲毫猶豫畫下了阿胤。

在幻境中，我阻止我的幻影去收楚蝶衣的魂魄，並促成我的幻影和阿胤提早表達自己的心意，約定身退隱居。

然後，我用同樣的方法炸了斷煙門，也滅了幻境裡的魏王。我動用了第二次神石之力，縱然魂魄崩離也再所不惜。

離開前的恍惚間，我彷彿聽到他的聲音。

還記得泠泠大雨中，他環住我，聲嗓沉穩地說：「阿蘅，我一直在這裡。」

還記得在岸旁，他吐了血，說：「阿蘅，好好保護自己。」

還記得最後他憶境裡以魂體來見我，看我哭得難以自已，對我說：「是妳讓我學會了不再冰冷偽裝，我終於知道了在意一個人該是什麼感覺。」

阿胤，我會記得你。永遠永遠記得你。

在我從幻境裡出來，已經沒有半絲力氣，在畫完最後一筆，便向後軟倒。我覺得我魂魄快要離體而去，那種感覺有點接近我在現代時被貨車撞到時的意識游離。

而這個代價，說真心話，我求之不得。

在我背脊即將觸地以前，有人接住了我。我模模糊糊地睜眼，映入眼簾的是柳思極度關切的神情。

他還是來了。初時我對他是有些恨意，但是後來我釋懷了。其實他也有他的掙扎。我費力睜大眼睛，努力讓自己保持清醒，將手中的畫交給他，吃力道：「柳思，拜託你一件事。」

攬住我的手顫抖得很厲害，柳思讓我靠在他胸口，話聲乾啞，道：「妳說吧。」

我看著他白皙的下頷，無法抑制四肢百骸之間的虛乏難受，口中湧起血腥，呼吸微薄道：「為了我，去修煉成仙，然後把這個畫，帶到我以前存在的那個凡世……」

縱然我這次閉眼將是魂散天涯，我也想讓阿胤看看我的家鄉。

我是畫魂師，渡化無數鬼魂，然而這亂世因果從不會漏了我，命運還是無情地滑動它的軌跡。如果世上真有仙佛，可否慈悲地渡化我一回？

「我都答應妳。」柳思沒有思考，很快便應了我，一點灼熱跌落在我的衣上，刺疼得有如火燒。

最後的牽掛得到了寄托，我閉上眼睛，完全斷了意識。

意識遠去之前，我隱約覺得環住我的臂突然收得很緊很緊，像是最後說了什麼，我卻再也無法聽清。

再醒來時，第一眼看見的是蒼白的屋頂。隨之而來的是刺鼻的藥劑味道。

我猜我在古代的軀體在畫過阿胤後是力盡而亡了，魂魄強行穿過時空障壁，回到現代殘破的軀體。

現世的我，被貨車撞到了脊骨，一生將半身不遂，注定只能倚靠輪椅移動。

在我醒來時，小芸一直候在我床前，我方一睜眼，她立刻撲在我身上，又哭又笑，「柳蘅，妳終於醒來了，都是我害了妳，我還以為妳要死了，嚇死我了……」

在異世我有牽掛，在現代裡有人掛念我。我，不是孤單的。

從小到大，我在父母的期望下，目中只剩下成績名次與讀書，這個東西曾經侷限了我的視野、我的人際，在榮耀背後，我一直是孤單一人。一直到大學，好動與好玩的小芸一手破開我和教科書之間的蒼白世界，讓我知道了人生除了讀書之外的色彩。或許我並不是她的唯一，也許沒有我，她與任何人都能攜手譜出璀璨的未來，但我仍是很珍惜這個朋友。珍惜到不惜一切。

如果時間可以重來，貨車失速衝來的那一刻，我仍會不顧自己地將她推開。

小芸一連幾句語無倫次，看來她真的怕得很，我伸出唯一能動的手撫摸她柔順的髮，溫聲道：「不用自責啊小芸。誰也不會料到校園裡會突然跑出酒駕，如果我不推妳，被撞的就是我們兩個了。我剛剛做了一個夢，想不想聽？」

我沒有妄圖讓現世的人理解我所經歷全是真實，而是以一個夢來當寄托。在夢裡，我喜歡上一個人，可是我沒來得及說，他已經遠去。世上唯有一個人，會不顧自己地包容保護我，我們一起經歷了許多風雨，是最靠近的兩個人。

可終究他是死了。而且他的魂魄，是被我親手畫下的。

你有沒有見過，曾經有一個人守在家中看盡花開花落，最終等來郎君戰死的消息，依然平靜的模樣？

你有沒有見過，曾經有一個人即使身為刺客，仍然飛蛾撲火，即使被誤解，死在心上人劍下亦是無悔，卻執念要魂魄相隨？

你有沒有見過，曾經有一個人堅持衝破家族的桎梏，縱然與愛人遇劫化灰，意志仍舊千年相依？

你有沒有見過，曾經有一個人被滅家門，以厲鬼之軀，萬般算盡，屠戮無數只願為家人討一個公道？

身為現代人不會親眼見到，卻被我一個一個全看見了。

小芸很有耐心地聽我說完了所有，支著頬道：「柳蘅，若不是我知道妳的確昏了很久，我該懷疑這不是妳的夢，而是妳最近突發奇想的小說。」

如果只是突發奇想的小說情節，我不會那麼痛。如果是夢，我的感覺不會那樣深。可是我，再也回不去那時空國度，再見一次阿胤的溫柔眼神。

阿胤，如果柳思真的能成仙，把畫送到我的世界，不知有沒有緣再讓我見一次你？

我在醫院裡住了三個月，爸媽每天都有來看我，但陪我最長時間的是小芸。因為我已經無法走路，所以小芸一有時間，便推著輪椅帶我出去散步看風景。

我覺得我像個行將就木的老人。

我在異世變得擅長畫畫，所以對畫作特別有興趣，小芸知道我的喜好，今日剛好有畫展，小芸知會過我爸媽後，把我推去醫院附近的畫展觀看。

細觀一張又一張各有千秋的畫作，我的視線猛然在某處定住。

「柳蘅，怎麼了？」發現我的異樣，小芸關心地問我。

我沒有回答她，眼睛睜得大大的，極力伸手想撫觸那張畫，卻因為雙足無力而無法如願。畫裡的人是阿胤，我親手一筆一劃繪出的他，在畫裡栩栩如生，欲語還休。柳思果然成仙了，也應了我的請求，把我的畫送來我的世界。

淚水瞬間模糊我的眼睛，成仙之路何其艱難和漫長，本以為我的請求只是個蠻不講理的任性，沒想到柳思為我，竟做到了。原來他把我的話，當得如此重要。

可我在離開之前，對他說的又是什麼？原來我，對他一直都很殘忍與自私。

頰上濕熱全是淚痕，小芸有些嚇到，卻不是第一次看我哭，小心翼翼問我，「這幅畫的該不會是……妳跟我說的……阿胤？」

她可能覺得奇怪，明明只是夢怎可能出現在現實中吧。我不多做解釋，只含著淚輕輕點頭，卻執意掙扎要碰觸畫中人的臉。

耳邊彷彿聽到了有人用手指拂出的幾聲弦音，似拈花般溫柔，我拚命想去觸摸看似咫尺，卻是天涯的距離。小芸無奈，兩手撐著我，將我暫時扶了起來。我的指尖終於觸及他的臉。

碰觸到的剎那，似是有電流竄上全身，畫作裡彷如攪動著一個漩渦，強大的吸力拉扯我的魂魄。那是我造的幻境在呼喚我，我已經碰到它，誰也無法阻止我進去。

只要進去，我可以見到他。雖然可能會看到他和我的幻影相知相愛，但只要遠遠看他一眼，我便滿足。

倉促中回頭，我對小芸扯出一個笑，「顧馨芸，今生能遇妳識妳，是我之幸。」說完，魂魄和身體的連接啪聲斷開，我閉上眼，意識飛進畫裡。

恍惚聽到小芸急切的呼喚，模糊聽得不太真切。

別了，小芸。別了，我的家鄉……

回過神來，我站在大池之旁，裝束依舊還是阿胤初見時模樣。

幽幽殘月下，池裡種了荷，翠綠的葉托起純白的花瓣，第二層荷瓣染上淡淡嫣紅，如同嬌俏少女含羞亭亭而立，風姿綽約。

荷香撲面而來，微風盈滿我的袖，我正想弄清楚我身在何處，不遠處的身影卻讓我一瞬間忘了呼吸。

還是一樣稜角分明的臉，唯一的不同是他眉眼表情不再如初見時那般冷漠，而是洋溢了滿滿的溫潤。他踏著夜色緩緩而來，清風輕掀他的袍角，纖塵不染似水間的荷葉，鍍上淡淡月光，一切那樣平靜美好。

他走近我，笑著對我張臂，「阿蘅。」

我毫不猶豫地撲上去擁住他。

掌下的熟悉溫涼讓我潸然，現實中的他已死，幻境中我可以讓他是活人。逃避又如何，終歸在幻境中，我和他能在一起，縱然在現實中再也沒有九方離胤和柳蘅，又有什麼關係啊。

「我的幻影呢？」相擁良久，我低低問。

「死了。」阿胤的聲音淡淡的，「沒什麼需要在意的，那終究不是真正的妳。」

我彎起唇，很真心開懷地笑了。即使最後我們會被一起浸入忘川，但在此之前，我們可以相守白頭。

萬般因果，一切皆化聲聲嘆。舉筆凝墨，終是寧願沉默。

忘川盡紅塵。

（全文完）

番外　長思（柳思視角）

阿蘅在我懷裡逝去之時，我突然覺得，我的世界有剎那黑暗。

是我害了她。其實我應該下定決心讓她快點忘了阿胤，才不會讓她那樣痛。

我好害怕再也看不到她的笑容。

她拜託我的那件事，我會拚命做到。縱然遇劫化灰，我也會毫不猶豫地前進。

仙途漫長又如何，我只需懷抱阿蘅的請求便能走過。

我沒拜進修真門派，是個散修。我修煉八百年，渡劫成仙，為天界兌澤宮侍者，再兩百年後，天界一場八宮之亂，前任兌澤宮主伏誅，便由我來接宮主之位。從此，天道功過命數與姻緣就是歸我執掌。

我可以掌控天下眾生的姻緣，唯獨無法掌控自己的命數。

在我接任兌澤宮主之位後，我遇到了一個女孩。她是天帝不知從何處抱來的一個孩子，長得極美，性格隨和溫雅又帶著些許天真的孩子氣，讓我第一時間想到阿蘅。

她說，她叫紫塵。

我會因為她而想到阿蘅。不是因為容貌，而是因為她給人的感覺。她們都是世上最乾淨的靈

山秀水，從沒有醜惡沾染。我很親近她。只要待在她旁邊，我可以自欺地想，阿蘅一直都在。

阿蘅其實不是個特別美麗的姑娘，她的臉色偏向虛弱的蒼白，眼睛卻靈動。初見她時，是在畫魂門的大殿中，她只有八歲的樣子，灰灰髒髒的，神情木訥呆滯，像是剛從煤灰裡爬出來。師父收了她，命我來照看她平日的生活起居，在她十六歲時，叫我帶她歷練。

在此之前，我一直把她當妹妹看。

師父曾經偷偷跟我說過她可能的來歷，我從沒相信過，把這個祕密一直埋在心底。直到當日在韓儒謙的憶境中，她極致絕望的一聲嘯吼，爆發出的力量讓我震驚，我才相信師父的猜測。

她是神造之軀，是當年神族龍女所留的一顆頑石。她身體保有龍女的力量與特徵，但不得濫用，所以被重重封印如常人。當她感到極度的絕望，將會激發她的神力，但以她現在身軀，絕對無法承受第二次。

她的關心，原來都繫在了阿胤的身上嗎。曾幾何時，她的依賴竟已從我這裡移開，給予了阿胤。

記得那一天，阿蘅莫名其妙撞破屋頂跌下來，劈頭就是截然不同的遣詞用語，我便知道，阿蘅已經不是以前我認識的阿蘅。

她的魂魄，從我不知道的異世穿越而來，取代原有的柳蘅。

我開始注意她。這個阿蘅雖然有時傻頭傻腦，但思考十分獨特與突出，總能想到別人想不到的東西。不知不覺中，她已經奪去我全部的心神。

不知不覺，我已經慢慢喜歡上她。

剛開始我還沒發覺，等到我發現我的心情已經強烈隨她起伏的時候，我才知道，本來以為不會動的感情在心底悄悄生根，愈來愈深、愈來愈深，哪天要強行拔起，心就一片千瘡百孔鮮血淋漓。我無法承受阿蘅的半點怨恨。

我永遠記得當日夜沉似水，她站在燈火闌珊處，齊眉額髮下的眼睛燦亮如辰，纖弱的身板不斷顫抖，看似脆弱的身體心卻堅強，她難得生氣地對我大吼，「會痛，我也應該知道！如果你真的想為我好，就該讓我知道真相！」

是啊，我常常自以為是，以她兄長自居，自做主張，以為自己的行為是為她好，豈知總是與我要的目的背道而馳。當她生疏地喊我一句師兄後，我覺得我的世界崩裂了。原來她也會恨，這一次是為了阿胤。她一定覺得我冷血，都不顧他的生死吧。

阿蘅，若我說我也在意阿胤，妳相信嗎？

我覺得平生做得最錯的一件事，就是讓她獨自去南微宮。

那時，她離開赤波山才過去半天，我便忍耐不住，求玉微涯也把我傳送過去。阿胤應該是救不回了，阿蘅就算去救，也是見到他的魂，到時候她該會有多痛啊……

等我趕過去時，她已經動用第二次力量。她力盡倒在我懷裡，再看我時，沒有了先前的怨懟恨意。

是我的錯。我也是阿胤的朋友，我怎麼可以放著阿蘅獨自痛。等我發現時，我已經快要失去她。其實，她應該恨我。

恨我就恨我吧，至少她還記得我。

在她沒有氣息之時，我以僅剩的力氣努力抱緊她，即便知道她再也聽不到我說話，我還是輕輕問一句，「阿蘅，我喜歡妳，妳知不知道啊？」

我猜，她永遠也不會知道我的心意。

她的身體化回了最初的神石，我一直貼身戴著。數百年後神石吸食天地靈氣或許還能再化人，可阿蘅終歸不會再是阿蘅。

在我成仙以後，憑她的氣息追溯到她的家鄉，在畫裡施了法，把它傳送到那處去。

我強行開她的幻境，只要她的魂真的回了家鄉，只要有緣碰到那張畫，她就可以回到她自己造的幻境。阿胤應該在等她。

我想，既然我錯了那麼多次，這次，就給她一個成全。

一個人，該選擇對自己最好的方式活。我一直記得她這句話。我希望讓她開心。

站在聖心崖旁，狂風吹起我的仙衣，又是幾百載春秋。轉眼間我已經一千五百歲，大道茫茫，我不知哪處是我的歸途。我只知道，在我不知道也無法觸及的角落，阿蘅和阿胤過得很好。

「思？」身後忽然響起一聲輕喚，紫塵不知何時站在我身旁，疑惑道：「你怎麼那麼喜歡站在這裡，你在想著什麼人嗎？」

我含著笑，伸手拂開紫塵被吹亂的秀髮，「是，我在想人。」

紫塵此刻仙齡只有五百歲，是人間荳蔻之年的樣貌，還沒長開卻已經清美絕豔的容顏閃過好奇，「那麼她，去哪了啊？」

我的目光落在極遠的地方，雖然我知道她不在那處，低聲道：「到了一個，連神仙都去不了的地方。」

仙人在世人眼中看似無所不能，但其實還是有做不到的事。

只願妳順心安康。我心中默默祝禱。

仙苑九重，朔方發枝；夢採杜蘅，折柳長思。

番外　隱市

「妳在做什麼？」阿胤一臉無奈地站在廳角，仰頭看著還在上面忙活的我。

一間古樸的木屋內，乳白的月光從窗外掃進，照得屋內擺設線條都柔和起來。木屋中心架著個梯子，而我就踏在上頭，正劈劈啪啪組裝著東西。

「不行，這東西我一定要弄出來，不然每次弄蠟燭，自以為很浪漫萬一把整個房子燒了怎辦，雖然我可以畫出來，但是在別人面前憑空變出一個房子還是不妥吧……」

我不管阿胤無奈又擔心的臉色，一面唸叨一面不間歇組裝自己事先弄好的零件。

阿胤對我的倔強不知如何是好，只能擺著想上前卻怕不小心把我摔下來的表情，目光不離我的身上。

「好了！」做完最後一個步驟，我笑得燦爛，伸手指向身後一個開關按紐，向阿胤指使道：

「嘿，那個鈕幫我按一下。」

阿胤忍不住搖頭，依言觸向開關，啪聲輕響，斗然一室皆亮，燈火通明。

「成功了！」我如釋重負地大叫一聲，然而沒有注意腳下的平衡，軋扎兩響，梯子瞬間向旁一傾……

「小心！」阿胤早就猜到會有這種結果，立刻一個箭步上前，伸臂將我穩穩接住。

「真是的，動不動就要摔，想扭了我的手嗎？」阿胤隱帶責備地把我放了下來。

我乾笑，沒心沒肺說道：「你敢接我就敢摔啊，放著不用那不是怪可惜的……」

阿胤板起了一張面癱臉，「第一次見的時候我手就扭了，妳要怎麼賠我？」

我也繃緊一張臉，一本正經道：「行啊，等會自己想辦法撞破屋頂跌下來，本姑娘開恩接一接你。」

「……」

我和他再度大眼瞪小眼挺著不動如山，就在這時，門忽然呀的一聲打開，隔壁送米的大嬸阿華扛著一包米走進，看見我們兩個的表情，猛然迸出一聲誇張驚叫，「你倆夫妻板著一張臉挺著是做啥啊？」

「……」

自從在幻境裡與他重逢，基著大隱隱於市的原則，我和阿胤住進了仙鏞城。因為這是我造的幻境，所以最初買房的錢是我先用畫筆畫出來的。

不過之後生活用的錢倒不方便次次以畫筆解決，需知京城的物價鐵定是貴得出名，如果次次仰賴畫筆製錢，先別說可能會引人懷疑，萬一引起通貨膨脹，被人發現的話，我們逍遙樂呵的日子可就要完蛋了。

「所以按妳說，咱們該怎麼樣？」瞥了一眼好不容易組裝出來的電燈泡，阿胤看向我，想聽聽我對賺錢此事有何高見。

「如果以我畫出的錢來支付日常所需，除了咱倆被人在街角掄棒圍毆我想不到其他的結局。」我故作高深地揉揉下巴，「至於怎麼賺錢……應該可以從長計議吧。」

阿胤忽然正經地坐直了身子，道：「有其他結局的。」

「什麼結局？」我愣了愣，下意識順著阿胤的話問。

「那就是咱倆被人掄著雙節棍圍毆。」阿胤一本正經回我，眼睛微微彎起。

「……」有差別嗎？

我無語，不過錢財危機不能被雙截棍這個詭異話題帶開，抬手扯了扯他的袖，「阿胤，你覺得咱們可以怎麼賺錢呢？」

阿胤看著我的眼睛在他如刀裁的鬢髮與剛毅的眉眼間流連，淡淡攢起眉心，「妳又打什麼鬼主意了？」

我眨眨眼睛，極力露出無害的笑容，「阿胤，去賣笑吧？」

阿胤額角突起青筋。

我不怕死繼續笑道：「你看你生得一副好皮相，哪個姑娘看了你不想撲，只要你去街角逛一圈，包準有一堆錢砸下來……」

阿胤面無表情，忽然打橫抱起我，頭也不回往房裡面走。

「喂喂喂，你想做什麼啊！」我不斷拍打他的胸口，他的反應怎都一跳一乍的啊！

「試驗看看，是不是每個姑娘都想撲我，妳第一個先。」

「什麼第一個，這什麼邏輯啊，哎你到底在做什麼！」

「在楚蝶衣憶境內沒弄清楚的東西現在就好好弄個清楚。」

「……」

接下來發生什麼事我就暫且按下不表了。

隔日早上，我臉上還帶著潮紅，輕咬一口他瑩潤如玉的肩膀，擺出軟糯的腔調，「當家的，你說咱們要怎掙錢呢？」

阿胤眼眸微彎，屈指輕觸我的鼻樑，「不是挺會畫畫的？到時畫個幾張賣便是。」

不賣笑嗎？我微張著口還想再說，身上的重量陡然加重，灼熱帶著尖銳刺痛襲來，我悶哼一聲，大力一捶他胸口，「你就不能小力一點嗎！」

阿胤雙手撐在兩旁，氣息在我耳旁偎的很近，他眼神晦暗，低頭吻了吻我的眉心。

「阿蘅，我們一起生個孩子吧。」

繡簾放下，曦光投下的剪影又是番荒唐。

＊＊＊

我依了阿胤的建議，提起畫筆，去街頭擺攤，主要賣畫。

畫魂師的畫作水平本身就比一般畫師高出許多，一旦出了名，客人便絡繹不絕，我的畫價也日漸抬高，直到後來我只要賣一張畫，換來銀子便可支撐一天日常所需。

既然如此，我便不擺攤了，並定下了一天只賣一張的規矩。一方面是因為我不想在日頭下曬太久，另一方面，是因為……

「有孩子了？」在醫館裡，阿胤的聲音雖然如平常，我卻聽出了其中細微的波動。

有一次我在路上忽然暈倒，當時我以為是中暑，直到阿胤匆匆把我帶去找了大夫，才被診出了喜脈。

在聽到消息的瞬間，我的心情難以言喻。

在現實中我以為我和阿胤再也無緣，尤其是在我親手將他收進畫中的時候。從來沒有想過，當時我覺得最絕望的時刻，卻造就了重逢。甚至，我和他有了孩子。

只可惜，我在現實中牽掛的人沒能看見。

夕陽西下，阿胤一語不發牽著我的手，往著回家的方向。

「阿胤，你喜歡男孩子還是女孩子？」我低著頭，手掌不自禁撫向腹部，這裡孕育著我和他的孩子。

「都好。」阿胤側過頭來，脣角勾起一彎弧度，「如果妳不滿意，便多生幾個。」

意識到他話裡含意，我嗔他一眼，擊了他肩頭一下，「你當我豬啊！想生就生？」

番外　異客

又是一個秋天，阿胤在房裡準備東西，而我在前面院子樹下清掃著落下的落葉。

秋風片片依然如血，我抬起頭看著漸漸陰暗的天色，回過頭來大聲叫道：「阿胤，剛剛說的東西用法你沒忘記吧？」

屋裡乒乒乓乓之聲不絕，只見阿胤灰頭土臉地走了出來，一手拿著烤肉架，一手拿著毛刷與烤肉醬，臂上挽著裝有煤塊的袋子，快步走至樹下，一言不發開始擺弄。

我笑意盈盈同他一起布置，由我先將烤肉用具架好，底部放上煤炭。而阿胤則是點燃火種，拿起扇子一遍遍煽著風。

一切準備就緒，我回屋拿了事先準備好的食材，放在架上興高彩烈地烤著，火發出霹啪的微響，烤肉的香氣散發到空氣中，混合烤肉醬，帶得我也飢腸轆轆起來。

「倒是有趣。」

正忙碌之間，不知何時身後已經多了一個人，婀娜的陰影籠罩我的視線，清冷的嬌嗓不知為何聽著有些耳熟，我疑惑回頭，阿胤眉頭一攢，已經比我先一步動作，微涼的風動，他已經迅速擋在我的身前。

「怎麼，在現實中才打過，現在想再來一次嗎？」女子身形一頓，語氣不置可否，卻帶有一些笑意。

猛然牽起已經遠去的記憶，我想起了來人可能是誰，立時瞠大眼眸，轉身直接失聲叫道：「妳……是楚蝶衣？妳怎麼來得了這裡？君陌宸呢？」

踮起腳尖從阿胤偉岸的肩頭望去，楚蝶衣依然是記憶裡所見的一身紅衣，眉眼在歲月的洗禮下少去了作為刺客時的殺伐，多了幾許繾綣的溫柔，面對我那如連珠炮的問題，卻毫無不耐之色，輕笑道：「同樣是妳畫的畫，妳不知道彼此之間時空是相通的嗎？偶然間聽到妳的聲音，本還不相信會是妳，沒想到進來一瞧還是真的。」

時空是相通的？被突來的新奇訊息炸得微微一懵，直接跑了出來走近楚蝶衣一步，隨手壓下阿胤防備手勢，有些激動地問，「所以說，徐宗武和染荷他們也可以被我遇到的意思囉？」

「正解。」又是一道溫和的男嗓從樹後傳出，兩名男子彼此勾肩搭背，親熱異常，只看得我下巴都要掉下來了。來的人竟是徐宗武與君陌宸。隨後染荷也從另一個方向轉出，對我露出淺淺笑意。

可惜万俟靖淵和魏嬋媛生在兩百年前，不然人就可以湊齊了。

我正在惋惜間，染荷轉目看到烤肉架上的東西，輕呼一聲，趨前一手一個親自將久未翻轉的肉串翻轉。

「啊，我差點忘了這碴！完蛋了！」我意識到事情的嚴重性，慘叫一聲連忙來瞧東西到底焦了沒有。

阿胤繼續面無表情地為火炭煽風。

被晾在一旁的三人在原地面面相覷。

僵了半晌，楚蝶衣當先有了動作，步至我身旁蹲下，好奇問我道：「為什麼這當頭要烤肉啊？」

「中秋不烤肉還叫中秋嗎？」我隨口回一句，拿起已經烤熟的肉串豪邁塞進楚蝶衣手裡，「來者是客，吃一串烤肉吧。」

楚蝶衣一怔，瞥了眼手中的烤肉串，姣麗的面容浮起淡淡的粉色，緩緩站起，卻不是吃烤肉，反而是將它遞給了君陌宸。

「不用擔心，每個人都有啊。」我又拿起兩枝烤肉串，一陣風也似塞進徐宗武和楚蝶衣手裡。

「……」

此時已入黑夜，我們隨意坐在樹下，倚靠樹幹，享用烤肉之餘也仰望璀璨的繁星。

本來抱著入幻要適應面對除了阿胤以外全都是幻影的問題，我從來沒想過，我竟然還能再與筆下的魂魄有所交集。看他們現在這個樣子，雖然我不曾參與過他們的生活，但我深深相信，基於害怕失去後的珍惜，他們在幻境的光陰中活得很好。

縱然，在畫卷浸入忘川之後，我們將會被洗淨記憶，但那又如何呢？我想，人生存在的重要性不在於結果如何，而是過程如何。如果在幻境中得到長生，就算我與阿胤永愛不移，到了最後還是會忘記初衷。長生這種東西，如果沒找到活著的意義，幻境於我來說便不是救贖，而是牢籠。

所以，該惆悵的不是輪迴本身，而是行路中沒能好好體會。只是，我終究對小芸、對我爸媽都太殘忍。

「妳在想什麼呢？」正望著星空出神，染荷輕笑著問我一聲，坐到我的身旁。

「染荷，妳覺得放棄現實而在幻境裡，是逃避嗎？」我依然仰望星空，淡淡問她。

染荷聞言，怔了怔，隨即嗤的一聲笑了開來，道：「傻丫頭，妳忘記妳當初對我說過什麼了嗎？」

我霍然側眸，目光直直撞上她平和的眼。

染荷睇著我，一字一字道：「妳說，有一些人，常常執著於真實與虛幻的界限，又有誰能真正明白，那根本不需要。一個人以為他從夢中醒來，又怎麼會知道他根本沒有清醒，醒來只是為了處身到另一個夢境罷了，既然如此，身在何處又何需去刻意在乎呢？」

我震了一震。原來我曾經，這樣說話啊……

染荷輕聲道：「我也迷惘過。真正的阿武可能就在奈何橋上等我，我卻在幻境裡貪圖幸福，我同樣也很殘忍。可是，在我選擇幻境前，我已經浸在仇恨中無法自拔，就算我再次見著他，他也會因為我的所做所為而難過吧？」

我拍拍她的肩膀。

「其實，選擇基本上沒有對錯，需要探討的是選擇的人是否落子無悔。」染荷輕柔握住我的手，「所以不必為因妳的選擇而被傷害的人難過，時間會讓他們明白，妳的選擇會讓妳得到真正的快樂。」

我眨眨眼睛，斂去顯些湧出的熱流。對於失去我的他們，我只能予以祝福。

「在聊什麼呀？」一旁的徐宗武忽然似笑非笑湊過來問。

我連忙伸手把靠近的男人推遠，大聲道：「別過來啊，這是我們女人的祕密！」

星光依然燦爛，照亮我們身影，一如我們的幸福，剎那永恆。

（完）

釀冒險47　PG2569

忘川盡：音如夢

作　　者　慕容紫煙
責任編輯　喬齊安
圖文排版　蔡忠翰
封面設計　蔡瑋筠

出版策劃　釀出版
製作發行　秀威資訊科技股份有限公司
114 台北市內湖區瑞光路76巷65號1樓
電話：+886-2-2796-3638　傳真：+886-2-2796-1377
服務信箱：service@showwe.com.tw
http://www.showwe.com.tw
郵政劃撥　19563868　戶名：秀威資訊科技股份有限公司
展售門市　國家書店【松江門市】
104 台北市中山區松江路209號1樓
電話：+886-2-2518-0207　傳真：+886-2-2518-0778
網路訂購　秀威網路書店：https://store.showwe.tw
國家網路書店：https://www.govbooks.com.tw
法律顧問　毛國樑　律師
總 經 銷　聯合發行股份有限公司
231新北市新店區寶橋路235巷6弄6號4F
電話：+886-2-2917-8022　傳真：+886-2-2915-6275

出版日期　2021年4月　BOD一版
定　　價　260元

國家圖書館出版品預行編目

忘川盡 : 音如夢/慕容紫煙著. -- 一版. -- 臺北
市 : 釀出版, 2021.04
面；　公分. -- (釀冒險 ; 47)
BOD版
ISBN 978-986-445-457-0(平裝)

863.57　　110003758

讀者回函卡

感謝您購買本書，為提升服務品質，請填妥以下資料，將讀者回函卡直接寄回或傳真本公司，收到您的寶貴意見後，我們會收藏記錄及檢討，謝謝！

如您需要了解本公司最新出版書目、購書優惠或企劃活動，歡迎您上網查詢或下載相關資料：http:// www.showwe.com.tw

您購買的書名：______________________________

出生日期：________年________月________日

學歷：□高中（含）以下　□大專　□研究所（含）以上

職業：□製造業　□金融業　□資訊業　□軍警　□傳播業　□自由業

□服務業　□公務員　□教職　□學生　□家管　□其它_____

購書地點：□網路書店　□實體書店　□書展　□郵購　□贈閱　□其他

您從何得知本書的消息？

□網路書店　□實體書店　□網路搜尋　□電子報　□書訊　□雜誌

□傳播媒體　□親友推薦　□網站推薦　□部落格　□其他__________

您對本書的評價：（請填代號　1.非常滿意　2.滿意　3.尚可　4.再改進）

封面設計____　版面編排____　內容____　文／譯筆____　價格____

讀完書後您覺得：

□很有收穫　□有收穫　□收穫不多　□沒收穫

對我們的建議：______________________________

____

____

____

請貼
郵票

11466
台北市內湖區瑞光路 76 巷 65 號 1 樓

秀威資訊科技股份有限公司　　收

BOD 數位出版事業部

....

（請沿線對折寄回，謝謝！）

姓　　名：__________________　年齡：_______　性別：□女　□男

郵遞區號：□□□□□

地　　址：____

聯絡電話：(日) ____________________ (夜) ______________________

E-mail：____